AF552990

अलविदा
चुनावी राजनीति

अलविदा चुनावी राजनीति

शान्ता कुमार

प्रभात प्रकाशन, दिल्ली
ISO 9001:2015 प्रकाशक

प्रकाशक • **प्रभात प्रकाशन**
4/19 आसफ अली रोड,
नई दिल्ली–110002

संस्करण • प्रथम, 2019
मूल्य • तीन सौ पचास रुपए
मुद्रक • आर–टेक ऑफसेट प्रिंटर्स, दिल्ली

ALVIDA CHUNAVI RAJNEETI

by Shri Shanta Kumar ₹ 350.00
Published by Prabhat Prakashan, 4/19 Asaf Ali Road, New Delhi-2
e-mail: prabhatbooks@gmail.com ISBN 978-93-5322-596-4

राष्ट्र-कवि दिनकर की निम्नलिखित पंक्तियों को—

"...शांति नहीं तब तक, जब तक
सुख-भाग न नर का सम हो
नहीं किसी को बहुत अधिक हो
नहीं किसी को कम हो..."

इस विश्वास के साथ कि नए भारत में
आज जैसी आर्थिक विषमता नहीं होगी।

प्रस्तावना

स्वतंत्रता के बाद देश में विकास तो हुआ परंतु पिछले कुछ वर्षों में देश के सामाजिक, आर्थिक और राजनीतिक स्वरूप में कुछ ऐसा परिवर्तन हुआ है, जिसे देखकर यह लगता है कि देश की मूलभूत समस्याओं को नजरअंदाज कर हम जिस ओर बढ़ रहे हैं, वह भावी पीढ़ी के लिए निराशाजनक सिद्ध हो सकता है। मूल्यों की राजनीति धीरे-धीरे केवल सत्ता की राजनीति बनती जा रही है।

आजादी के सत्तर वर्ष बाद भी देश के करोड़ों लोग गरीबी, भुखमरी और कुपोषण के शिकार हैं। विश्व में सबसे अधिक भूखे लोग भारत में रहते हैं। बढ़ती जनसंख्या के कारण विकास की सभी योजनाएँ पूरी तरह सफल नहीं हो रही हैं। प्रदूषण के कारण राष्ट्रीय राजधानी 'गैस चैंबर' बनकर रह गई है। इन सबसे बेखबर देश की अधिकतर राजनीतिक पार्टियाँ और उन पार्टियों के नेता अपने स्वार्थ की बात अधिक करते हैं और समाज में अंतिम पंक्ति में खड़े अति गरीब व्यक्ति को और पीछे धकेल देते हैं। परिणामत: देश की आर्थिक विषमता थमने का नाम ही नहीं ले रही। आज विश्व में सबसे अधिक आर्थिक विषमता भारत में है।

अपने राजनीतिक जीवन के छह दशकों में मैंने इस तरह की अनेक समस्याओं को बहुत करीब से देखा है। मुझे जब भी अवसर मिला है, मैंने इन समस्याओं के प्रति अपनी चिंता ही व्यक्त नहीं की है अपितु विभिन्न

समाचार-पत्रों में लेखों के माध्यम से इन समस्याओं के निदान की राह भी सुझाई है।

इस प्रकार के मेरे लेखों के चार संग्रह—'मंजिल अभी दूर है', 'क्रांति अभी अधूरी है', 'भ्रष्टाचार का कड़वा सच' और 'अँधेरे के दीप' अब तक प्रकाशित हो चुके हैं।

मैंने इस बार 66 वर्ष की राजनीति और 52 वर्ष की चुनाव की राजनीति के लंबे सफर के बाद चुनाव की राजनीति और राजनीति में सक्रियता छोड़ दी। मेरे लिए जीवन का यह मोड़ अत्यंत महत्त्वपूर्ण, मार्मिक और भावुकता भरा है।

मैं भाग्यशाली हूँ क्योंकि जब 1953 में मैं पार्टी में आया था तब कुछ भी नहीं था पार्टी के पास। पुलिस की लाठियाँ, जेलें और चुनावी हार व जमानत जब्त होना। आज जब मैं वह छोड़ रहा हूँ तो मेरी पार्टी विश्व की सबसे बड़ी पार्टी है और दिल्ली से लेकर शिमला तक मेरी पार्टी की सरकार है।

मैं भाग्यशाली हूँ क्योंकि आज से 66 वर्ष पहले 1953 में जब मैं काँगड़ा जिला से जत्था लेकर डॉ. श्यामा प्रसाद मुकर्जी के नेतृत्व में भारतीय जनसंघ द्वारा काश्मीर आंदोलन में सत्याग्रह करने गया था तो मुझे पहली बार पार्टी का सदस्य बनाया गया था। सदस्य बनने के दूसरे दिन सत्याग्रह किया और 19 वर्ष की उस बाल अवस्था में आठ महीने जेल में रहा था। तब से चला तो चलता ही रहा। न कहीं थका, न रुका, न झुका।

मैं भाग्यशाली हूँ क्योंकि राजनीति के सब दायित्वों को निभाते हुए मैंने सिद्धांतों और आदर्शों की राजनीति की। उसके लिए मूल्य भी चुकाया पर कभी कहीं कोई समझौता नहीं किया।

मैं भाग्यशाली हूँ क्योंकि इतने लंबे राजनैतिक जीवन में राजनीति की छोटी-सँकरी-मैली गलियों में से बिल्कुल साफ-सुथरा निकलकर आया। उस समय ओढ़ी पार्टी की उजली धुली चादर को आज वैसी की वैसी साफ सुथरी ही नहीं, बल्कि कुछ और अधिक उजला करने का प्रयत्न करते हुए वापस लौटा रहा हूँ। संत कबीर के शब्दों में—

दास कबीर जतन से ओढ़ी
जस की तस धर दीनी चदरिया

पिछले एक दशक में लिखे लेखों का पाँचवाँ संग्रह 'अलविदा चुनावी राजनीति' पाठकों को समर्पित कर रहा हूँ।

यामिनी परिसर, पालमपुर (हि.प्र.) **—शान्ता कुमार**

अनुक्रम

अलविदा चुनावी राजनीति—उत्सव मना रहा हूँ

मेरे लिए इस बार का लोकसभा चुनाव चुनाव ही नहीं, बल्कि चुनावी राजनीति की विदाई का एक उत्सव भी है। मैं इस उत्सव को सब प्रकार से एक बहुत बड़ी सफलता के समारोह के रूप में मना रहा हूँ। मैंने कहा था कि इस बार मैं चुनाव लड़ाने का आनंद लूँगा। मैं सचमुच मात्र आनंद ही नहीं ले रहा, बल्कि जीवन की एक बहुत बड़ी उपलब्धि का समारोह भी मना रहा हूँ। इस अवसर पर कुछ पुरानी यादों के इस सफर के अनुभव अपने पाठकों से साझा करने की मेरी इच्छा स्वाभाविक है।

आज से 66 वर्ष पूर्व 1953 में 19 वर्ष की आयु में मैंने राजनीति का सफर बैजनाथ से शुरू किया था। 1951 में मैट्रिक करने के बाद संघ का प्रचारक बनकर घर से चला गया। जीवन भर प्रचारक रहने का विचार था। माँ ने विशेष आग्रह करके घर पर बुलाया और कहा, “तुम्हारे पिताजी का स्वर्गवास हो गया है। घर में जवान बहन का विवाह करना है और तू हमें छोड़कर चला गया। अपनी बहन का विवाह करने के लिए कुछ समय के लिए घर आओ। उसके बाद भले ही चले जाना।” माँ की आँखों में चिंता, व्यथा और क्रोध के आँसू देखकर मैंने माँ का आदेश माना। संघ अधिकारियों को कहा कि बहन के विवाह के बाद मैं फिर से प्रचारक बन जाऊँगा। घर आया। पिताजी के एक मित्र पं. अमरनाथ सनातम धर्मसभा की ओर से स्कूल चलाते थे। उनके पास गया। उन्होंने बैजनाथ के पास कृष्णानगर स्कूल में मुझे

अध्यापक लगा दिया। बैजनाथ बाजार की एक दुकान के ऊपर किराए पर एक कमरा लिया। एक साइकिल का प्रबंध किया और बैजनाथ से साइकिल पर सवार होकर कृष्णानगर स्कूल जाने लगा।

नौकरी लगे अभी 17 दिन ही हुए थे, तभी डॉ. श्यामाप्रसाद मुकर्जी के नेतृत्व में भारतीय जनसंघ ने काश्मीर आंदोलन शुरू किया। शेख अब्दुल्ला ने जम्मू-कश्मीर को भारत से अलग करने का षड्यंत्र किया था। पूरे देश से कार्यकर्ता सत्याग्रह के लिए आ रहे थे। पालमपुर के संघ प्रचारक श्री देवराजजी मेरे पास आए और कहा कि मुझे काँगड़ा जिला से एक जथा लेकर पठानकोट में सत्याग्रह करना है। यह सुनकर मैं चिंतित हुआ और हैरान भी। मैंने कहा कि बहन का विवाह करने के लिए घर आया हूँ और नौकरी मिले अभी 17 दिन हुए हैं···मेरी बात बीच में काटकर श्री देवराजजी ने कहा, "हम सब संघ के स्वयंसेवक हैं, सबसे पहले देश, बाकी सब उसके बाद।" मैं तैयार हो गया। दूसरे दिन शनिवार था। घर आया पर कुछ कह न सका। एक तरफ देश के लिए सत्याग्रह करने का उत्साह, दूसरी तरफ माँ-बहन सबको यों छोड़कर जाने की पीड़ा। सोमवार प्रात: परिवार के लिए मैं स्कूल जा रहा था परंतु मैं सत्याग्रह के लिए घर से निकल रहा था। बहन पुष्पा कुछ अस्वस्थ थी, कहने लगी, "भाईजी, अगले शनिवार को टमाटर जरूर लेकर आना!"

हम सब पठानकोट पहुँचे। श्री केदारनाथ साहनी सत्याग्रह का संचालन कर रहे थे। एक गुप्त स्थान पर हम सबको रखा गया। दो दिन बाद सत्याग्रह किया और उसके बाद गुरदासपुर जेल में बंद कर दिया गया। एक सप्ताह के बाद 20 वर्ष से कम आयु के हम 20 युवकों को हिसार जेल में ले जाया गया। जून महीने की भयंकर गरमी और काँगड़ा से पहली बार मैं अपने जिला से बाहर गया। पूरे 8 महीने वहाँ केवल बनियान और निकर में कटे, तब से लेकर आज तक राजनीति का मेरा सफर चल रहा है। जीवन के 66 वर्ष—एक लंबा सफर—बहुत कुछ देखा और बहुत कुछ पाया। भारतीय जनसंघ उसके बाद जनता पार्टी और फिर भारतीय जनता पार्टी। अपनी पार्टी के इस पूरे सफर का मैं प्रत्यक्षदर्शी सहयोगी हूँ। मुझे प्रसन्नता व गर्व है कि मैंने सिद्धांतों से कभी

समझौता नहीं किया। सत्ता छोड़ी पर सत्य नहीं छोड़ा। मूल्य भी चुकाया पर न कभी रुका, न थका, न झुका।

आज से 56 वर्ष पहले 1963 में मैंने चुनाव की राजनीति में प्रवेश किया। अपने गाँव गढ़–जमूला की पंचायत का पंच बना, फिर समिति सदस्य बना, फिर जिला परिषद का उपाध्यक्ष और फिर अध्यक्ष बना। मैंने पंचायतराज के ये सभी चुनाव जीते। उस समय काँगड़ा जिला पंजाब प्रदेश का हिस्सा था। पहली बार जिला परिषद बने थे। उस समय जिला काँगड़ा में कांग्रेस के बाद साम्यवादी पार्टी दूसरे स्थान पर एक मजबूत पार्टी थी। पूरे जिले में उसका संगठन था। कांग्रेस पार्टी की बड़ी–बड़ी रैलियाँ होती थीं। उनके मुकाबले हम तो कहीं दिखते भी नहीं थे। जिला परिषद में भी उनके बहुत सदस्य जीते थे। साम्यवादी पार्टी ने जिला परिषद अध्यक्ष पद के लिए धर्मशाला के वकील राणा कुलतार चंद को खड़ा कर दिया। जनसंघ के मेरे मित्रों की इच्छा मुझे अध्यक्ष पद पर लड़ाने की थी परंतु हमारे पास अधिक समर्थन न था। उस समय के धर्मशाला के जनसंघ के जिला सचिव और मेरे परम मित्र अभिमन्यु चोपड़ा ने सुझाव दिया कि राणा कुलतार चंद से मुकाबला करने के लिए कांग्रेस के सदस्यों से मिलकर चुनाव लड़ना चाहिए। उस समय के हमीरपुर जिला और आज के ऊना जिला से श्री रणजीत सिंह, जो कांग्रेस के नेता थे, जिला परिषद में जीते थे। मैं अभिमन्यु चोपड़ा, श्री रणजीत सिंह और उनके मित्र श्री ओंकार चंद कहीं मिले, बातचीत हुई और साझा चुनाव लड़ने का निर्णय लिया गया। काँगड़ा जिला की राजनीति में भारतीय जनसंघ और कांग्रेस का यह गठबंधन आज शायद सबको अचंभा सा लगे। प्रमुख नेता बैठे और यह निर्णय लिया कि अध्यक्ष पद के लिए श्री रणजीत सिंह और उपाध्यक्ष पद के लिए मैं चुनाव लड़ूँ। कांग्रेस पार्टी ने मेरे विरुद्ध गगल के एक प्रसिद्ध ज्योतिषी श्री बिद्धू रामजी को खड़ा कर दिया। राणा कुलतार चंद और श्री बिद्धू राम शक्तिशाली उम्मीदवार समझे जाने लगे। श्री बिद्धू राम एक प्रसिद्ध ज्योतिषी थे। पंजाब के उस समय के मुख्यमंत्री श्री प्रताप सिंह कैरो तक उनके पास आया करते थे। कुछ मित्रों ने मुझे समझाया कि मैं पहली बार

एक प्रमुख चुनाव लड़ रहा हूँ। कहाँ प्रसिद्ध ज्योतिषी बिद्धू राम और कहाँ मैं! उस समय हम सब कार्यकर्ता बड़ी मस्ती व जुनून में काम करते थे।

अभिमन्यु चोपड़ा ने सबके सामने कहा कि हम सिद्ध करेंगे, कौन बड़ा ज्योतिषी है। चुनाव हुआ और उसमें अध्यक्ष पद के लिए श्री रणजीत सिंह और उपाध्यक्ष के लिए मैं विजयी हो गया। श्री बिद्धू राम ज्योतिषी की ज्योतिष भी उसके बाद धीरे-धीरे बहुत कम हो गई।

उसके बाद 1967 में 33 वर्ष की आयु में मैंने विधानसभा का पहला चुनाव लड़ा। आज तक के इन 56 वर्षों में मैंने विधानसभा और लोकसभा के कुल 13 चुनाव लड़े, जिसमें से 9 बार जीता और 4 बार हारा। 1977 में 43 वर्ष की आयु में मुख्यमंत्री बना और फिर कई बार लोकसभा में भी जीता। आज तक के जीवन में पूरे 33 वर्ष मैं विधायक और सांसद रहा। पंचायत से लेकर लोकसभा, राज्यसभा एवं विश्व की सबसे बड़ी संसद राष्ट्र संघ में भी मुझे एक शिष्ट मंडल में 15 दिन न्यूयॉर्क में रहने का मौका मिला और उसमें 3 बार भाषण करने का सौभाग्य भी मिला।

मैं 1970 से लगातार राष्ट्रीय कार्यसमिति का सदस्य हूँ। राष्ट्रीय पदाधिकारी भी रहा। इस समय राष्ट्रीय कार्यसमिति में मुझसे वरिष्ठ केवल लालकृष्ण आडवाणीजी हैं। श्री मुरली मनोहर जोशी भी मेरे बाद आए। लगातार 50 वर्षों से राष्ट्रीय कार्यसमिति का सदस्य रहना मेरा परम सौभाग्य है।

66 वर्ष की राजनीति का सफर चलता रहेगा परंतु 56 वर्ष के इस गौरवशाली चुनाव राजनीति के सफर को आज विदा कहते हुए मैं बहुत अधिक प्रसन्नता का अनुभव कर रहा हूँ। मैं जब पार्टी में आया था तो कुछ भी नहीं था पार्टी के पास। सड़कों पर नारेबाजी, पुलिस की लाठियाँ और जेलें। चुनाव लड़ते थे, हारते थे, फिर खड़े हो जाते थे। आज मेरी पार्टी विश्व की सबसे बड़ी पार्टी है। दिल्ली से लेकर शिमला तक हमारी सरकार है। एक गौरवशाली राजनैतिक साम्राज्य छोड़ विदा ले रहा हूँ। भाग्यशाली हूँ, प्रभु का धन्यवाद करता हूँ।

बचपन में माँ ने गीता पढ़नी सिखाई थी। बाद में स्वामी विवेकानंद को

पढ़ा। स्वामी विवेकानंदजी का जीवन व संपूर्ण साहित्य पर पुस्तक लिखी और उनको अपने जीवन में जीने की भी कोशिश की। निष्काम कर्मयोग मेरे जीवन का सिद्धांत बना और मूल्य आधारित राजनीति तथा सिद्धांतों के अनुसार राजनीति जीवन का लक्ष्य बनी। चुनाव के इन दिनों टी.वी. पर दल–बदल के समाचारों से पीड़ा होती है। कई बार प्रश्न पैदा होता है कि चुनाव हो रहे हैं या कहीं–कहीं नेताओं की मंडियाँ लगी हैं। केवल टिकट के लिए नेताओं की इस प्रकार की उछल–कूद शायद पहले कभी नहीं हुई थी। यदि किसी के विचार बदल गए तो उसे बहुत पहले अपनी पार्टी छोड़कर दूसरी पार्टी में आ जाना चाहिए था परंतु निर्लज्जता के साथ केवल टिकट के लालच में बड़े–बड़े नेता खुलेआम बिकते हुए दिखाई दे रहे हैं। हिमाचल प्रदेश में भी पं. सुखराम जैसे नेता कई बार दल बदलते रहे। इस बार पुत्र नहीं, पौत्र मोह में विचलित होकर गिड़गिड़ाते रहे और पौत्र समेत पार्टी बदली। यदि आज सोने की चिड़िया कहे जाने वाले भारत में गरीबी, बेरोजगारी और भ्रष्टाचार है तो यह इसी बेईमानी की राजनीति का परिणाम है। ऐसे राजनीतिज्ञ सरकारें बनाते और तोड़ते रहेंगे परंतु सच्चे अर्थों में शहीदों के सपनों का एक खुशहाल भारत नहीं बन सकता। इसी कारण सत्तर साल के बाद भी नहीं बना।

श्री सुखराम हिमाचल के पुराने प्रमुख नेता हैं। मैं उनका बड़ा सम्मान करता हूँ परंतु उनके व्यवहार से मुझे बड़ी वेदना हुई है। उन्हें तो किसी से माँगकर टिकट लेना था। परंतु मेरे जीवन में एक ऐसा मौका आया था, जब मेरे पास देने के लिए दो टिकट थे। दो नहीं तो एक तो अपने परिवार में किसी को दे ही सकता था। 1989 में मैं पहली बार लोकसभा का सदस्य बना। कुछ समय बाद हिमाचल प्रदेश में विधानसभा चुनाव का नेतृत्व करने के लिए मुझे भेज दिया गया। मैंने दो विधानसभा क्षेत्रों पालमपुर और सुलह से चुनाव लड़ा और इन दोनों क्षेत्रों से जीत गया। मैं एक ही समय लोकसभा और दो विधानसभाओं का सदस्य था। यह भी एक नया रिकॉर्ड था। मुझे मुख्यमंत्री बनाया गया। दो स्थानों से मुझे त्याग–पत्र देना था। बहुत से कार्यकर्ताओं का दबाव पड़ने लगा कि कम–से–कम एक सीट पर मैं अपनी धर्मपत्नी

या बेटे को चुनाव लड़ाऊँ। मैं मुख्यमंत्री था, जो कुछ चाहता, करता परंतु मैं परिवारवाद के हमेशा विरुद्ध रहा। मैं ऐसा नहीं करना चाहता था। कुछ संबंधियों, मित्रों और कार्यकर्ताओं का दबाव बढ़ने लगा। मुझे डर लगा कि कहीं मेरी धर्मपत्नी भी तैयार न हो गई हो। मैंने परिवार को बिठाया और कहा कि मैं इस समय तीन स्थानों से जीता हुआ हूँ। दो स्थानों से मुझे त्याग-पत्र देना है। कुछ कार्यकर्ता परिवार से किसी को टिकट देने का आग्रह कर रहे हैं। इससे पहले कि मैं कुछ और कहता, मेरी धर्मपत्नी ने गुस्से में कहा, "आप क्या कह रहे हैं। परिवार में आप मुख्यमंत्री बन गए। क्या यह कम है। अब और किसी को परिवार में कोई पद देने की आवश्यकता नहीं। आप दो कार्यकर्ता चुनें—एक विधानसभा में और एक लोकसभा में भेजें।" मुझे बहुत बड़ी राहत मिली। मेरे जीवन के हर कदम पर मेरी धर्मपत्नी ने मेरा पूरा साथ दिया है। यदि वह ऐसा न कहती तो भी मैं परिवार में किसी को आगे न लाता। परंतु परिवार में समस्या पैदा हो जाती। पालमपुर विधानसभा से डॉ. शिव कुमार और काँगड़ा-चंबा लोकसभा से मेजर खनूरियाजी को टिकट दिए और चुनाव जिताया। आज पूरे देश में राजनीति का अवमूल्यन हो रहा है। भ्रष्टाचार और परिवारवाद ने राजनीति को एक व्यवसाय बना दिया है। भारतीय जनता पार्टी इस दृष्टि से अभी काफी अलग है। भगवान करे पूरी अलग रहे।

मेरे जीवन में गीता और स्वामी विवेकानंद के आदर्शों का पूरा प्रभाव रहा। मेरा सौभाग्य है कि मैंने कभी किसी से कुछ नहीं माँगा। मैं भगवान के सामने जब भी गया तो आभारी बनकर गया, धन्यवाद किया कि प्रभु ने मुझे भारत में जन्म दिया, कितना कुछ दिया। पार्टी का सदा आभारी रहा। मैं जब भी गया, आभारी बनकर गया, भिखारी बनकर कभी नहीं गया। बिना माँगे ही मुझे प्रभु ने, पार्टी ने बहुत कुछ दे दिया। मैं पार्टी पद और किसी टिकट के लिए कभी उम्मीदवार की तरह खड़ा नहीं हुआ। अटलजी से मेरे निकट संबंध थे। प्रधानमंत्री बनने पर भी उनके पास मंत्री पद के लिए नहीं गया। जब जो मिला, उसे प्रभु की कृपा समझकर हँसते-मुसकराते स्वीकार किया। मेरे जीवन में यह गीता का ही प्रभाव था। नाहन जेल में 19 महीने हँसते-मुसकराते, योग

करते और गहरा अध्ययन करते हुए बिताए। मैं स्वस्थ होकर जेल से निकला और चार पुस्तकें लिखीं। इसीलिए चुनाव की राजनीति से अलग होने पर मैं कह सका कि अब मैं चुनाव लड़ाने का आनंद लूँगा।

जीवन के कठिन और दुर्गम सफर में मेरी धर्मपत्नी संतोष ने सदा मेरा साथ दिया है। इसे मैं प्रभु कृपा से अपना परम सौभाग्य समझता हूँ। सिद्धांत की राजनीति करना आज के युग में बहुत ही कठिन है। यह इसलिए संभव हो पाया कि हर कदम पर मेरे साथ मेरी धर्मपत्नी थी। मैं अकेला नहीं था। इमरजेंसी में नाहन जेल में था। बेटा बीमार हुआ। मैं पैरोल पर घर आया। अगले दिन वापस फिर जेल जाना था। मेरे निकट के एक मित्र डॉ. कर्ण सिंह से परिचित थे। वे मुझे मिलने आए और कहने लगे—"आपने कांग्रेस प्रधान श्री बरुआ का वक्तव्य पढ़ा होगा। उन्होंने कहा है, जो लोग जेल में बंद हैं, वे वहीं पर मरेंगे क्योंकि हम उन्हें समुद्र में नहीं फेंक सकते। आप कुछ पंक्तियाँ लिख दो। मैं डॉ. साहब से बात करके आपको छुड़ाने की कोशिश करूँगा। मैंने एक को छुड़ाया भी है। अपने बच्चों की तरफ देखो। कौन सँभलेगा।" धर्मपत्नी की आँखें सजल हो गईं। इससे पहले कि मैं कुछ कहता, संतोष गुस्से से बोली, "कभी नहीं, रहें ये जेल में 10-15 साल। मैं सँभालूँगी पूरा परिवार। कुछ नहीं लिखेंगे। आप चाय पीजिए। बाहर पुलिस वाले अब मिलने वालों को रोक रहे हैं।" उस दिन को आज लंबे 43 वर्ष बीत गए। मेरी आँखों के सामने वह नजारा आज भी ज्यों-का-त्यों घूम जाता है। मुझे दूसरे दिन जेल जाना था। कुछ पता नहीं था, कब लौटेंगे—लौटेंगे भी या नहीं। मैं आज भी नमन करता हूँ संतोष के साहस को।

लोग हर जगह मुझे प्यार देते हैं और मेरी प्रशंसा करते हैं। उन सबको पता नहीं कि मेरे जीवन के इस दुर्गम पथ पर मेरी धर्मपत्नी का साहस और सहयोग सदा मेरा संबल रहा है। इसी भावना को व्यक्त करने के लिए कवि ने ये पंक्तियाँ लिखी हैं—

"जो साज से निकली है, वह धुन सबने सुनी है।
जो तार पे बीती है, वह किस दिल को पता है?"

मैंने शालीनता, सहयोग व सद्भाव की राजनीति की। हिमाचल की राजनीति के पहले युग में राजनीति का स्तर बहुत ऊँचा था। प्रथम मुख्यमंत्री डॉ. यशवंत सिंह परमार इस दृष्टि से एक आदर्श मुख्यमंत्री थे। मैंने उनसे बहुत कुछ सीखा। उस समय की राजनीति टकराव, आलोचना और निचले स्तर की नहीं थी। मैं हिमाचल का मुख्यमंत्री था। दिल्ली में कांग्रेस की सरकार थी। हिमाचल के विकास के लिए पन-बिजली उत्पादन बहुत आवश्यक था। मैं पन-बिजली में निजी क्षेत्र को लाना चाहता था। 1977 में ही श्री मोरारजी देसाई से मैंने कहा था—"छोटे से हिमाचल में विकास के साधन नहीं हैं परंतु प्रदेश में 21 हजार मेगावाट बिजली उत्पादन की क्षमता है। प्रदेश सरकार के पास धन नहीं है और केंद्र से भी धन नहीं मिल रहा। मैं चाहता हूँ कि बिजली उत्पादन में निजी क्षेत्र को लाया जाए।" उन्होंने मेरी बात पर विशेष ध्यान नहीं दिया। उस समय समाजवाद के प्रभाव में सब कुछ सरकार द्वारा करने का वातावरण था। 1990 में दोबारा मुख्यमंत्री बना। मंत्रिमंडल ने निर्णय लिया कि हिमाचल बिजली उत्पादन में निजी क्षेत्र को आमंत्रित करेगा। हिमाचल देश का पहला प्रदेश था, जिसने यह बात कही। मुझे बताया गया कि जब तक केंद्रीय कानून में बदल न हो, तब तक निजी क्षेत्र को नहीं लाया जा सकता। मैं दिल्ली गया। श्री मनमोहन सिंहजी से मिला। वे बहुत प्रसन्न हुए। मुझे कहा कि मैं श्री अटलजी से बात करूँ। वे संसद में इस आशय का संशोधन लाएँगे। वे समर्थन करें। दो महीने के अंदर मेरे सुझाव पर केंद्रीय कानून में परिवर्तन हुआ और भारत में निजी क्षेत्र की सबसे पहली परियोजना 'बासपा' शुरू हुई। उसी बात पर बिजली विभाग के कर्मचारियों ने 29 दिन की हड़ताल की और मुझे 'काम नहीं तो दाम नहीं' का कठोर निर्णय लेना पड़ा। आज पन-बिजली में निजी क्षेत्र और 'काम नहीं तो दाम नहीं' पूरे देश का सिद्धांत बन गया। इस दृष्टि से पूरे देश को छोटे से हिमाचल ने रास्ता दिखाया।

हिमाचल के साधन बढ़ाने के लिए मैंने कुछ योग्य अधिकारियों से चर्चा की। एक नया विचार आया कि हिमाचल के पानी से बिजली पैदा होती है। उसका अधिक लाभ हिमाचल से बाहर के लोग उठाते हैं। हिमाचल

को बिजली उत्पादन में रॉयल्टी मिलनी चाहिए। इस विषय पर मैंने गहरा अध्ययन किया। दिल्ली गया। उस समय श्री कल्पनाथ राय बिजली मंत्री थे। उन्होंने मेरी बात को सुना और कहा, कहीं भी पानी की रॉयलटी नहीं मिलती। मेरी बात को टाल दिया गया। मैं इस विषय पर दिल्ली सरकार से बार-बार बात करता रहा। केंद्र सरकार के सभी मंत्रियों से मेरे अच्छे संबंध थे। श्री कल्पनाथ राय मुझे बड़े स्नेह से मिलते थे। मैंने इस संबंध में कई बार बात की। एक दिन कहने लगे—"तुमसे मुझे बड़ा स्नेह हो गया है। तुम अपने प्रदेश के बारे में बहुत कुछ सोचते हो परंतु रॉयल्टी की बात मेरे लिए बिल्कुल संभव नहीं है। मैं तुम्हें प्रधानमंत्रीजी के पास ले चलता हूँ।" उन्होंने उसी समय समय लिया और मुझे श्री नरसिम्हा राव के पास ले गए। श्री नरसिम्हा राव बहुत विद्वान् और शालीन नेता थे। कमरे में प्रवेश करते ही मेरे मुँह से निकल गया। "हूँ तो मैं भाजपा का मुख्यमंत्री परंतु एक बड़ी आवश्यक बात करने आया हूँ।" सुनते ही थोड़े क्रोध से कहने लगे—"ठहरो—खड़े रहो। फिर ऐसा कभी मत कहना, याद रखो, पार्टियों की सरकारें होती हैं परंतु सरकार की कोई पार्टी नहीं होती। न तुम्हारी सरकार की कोई पार्टी है, न हमारी सरकार की। बैठो, बताओ।"

पहले तो उनके चेहरे पर थोड़ा क्रोध देखकर चिंता हुई परंतु उसके बाद उनकी बात सुनकर आनंद व राहत से खिल उठा। दिल किया, उन्हें नमन करूँ। उन्होंने पूरे लोकतंत्र का सार इस एक वाक्य में कह दिया। मैंने विस्तार से अपनी बात की। उन्होंने बीच-बीच में कुछ पूछा। मैंने कहा, हिमाचल छोटा सा पहाड़ी प्रदेश है। आय के साधन नहीं हैं परंतु हमारे प्रदेश का पानी बिजली पैदा करता है। इसके बिना देश का विकास नहीं हो सकता। जिन प्रदेशों में लोहा, सोना, चाँदी व अन्य खनिज होते हैं उन्हें उनकी रॉयल्टी मिलती है। हिमाचल का पानी केवल पानी नहीं है, बहता हुआ सोना है। बिजली पैदा करता है। मैं भी अपने प्रदेश के पानी के लिए रॉयल्टी की माँग लेकर आया हूँ। मैंने यह भी कहा कि हमारी धरती डूबती है, लोग उजड़ते हैं। बिजली पैदा होती है और उसका अधिक लाभ देश को होता है। उन्होंने बड़े धैर्य से मेरी

सारी बात सुनी। आखिर में श्री कल्पनाथ राय से कहा कि ठीक है, कहीं पर ऐसी रायॅल्टी नहीं दी जाती है परंतु इनकी बातों में दम है। छोटा प्रदेश समझकर अनसुनी न करना। मैं बहुत आश्वस्त होकर लौटा। मैंने एक अधिकारी को इसी काम के लिए केंद्रीय अधिकारियों से बात करने में लगा दिया।

तीन महीने के अंदर चंबा के बैरा-स्यूल और चमेरा की परियोजना में रॉयल्टी देने का निर्णय हो गया और कुछ समय के बाद सिद्धांत रूप में लिखित समझौता हुआ कि हिमाचल प्रदेश को सभी बिजली परियोजनाओं में 12 प्रतिशत मुफ्त बिजली रॉयल्टी के रूप में मिलेगी। उस एक निर्णय के अनुसार आज हिमाचल को प्रतिवर्ष लगभग तीन हजार करोड़ रुपए की आय होती है। इतना बड़ा निर्णय और हमेशा के लिए हिमाचल को होने वाली यह आय केवल सहयोग-शालीनता की राजनीति का परिणाम थी। यदि मैं केजरीवाल की तरह केंद्र सरकार की आलोचना करता होता, धरने देता रहता तो श्री कल्पनाथ राय मुझे स्वयं लेकर प्रधानमंत्री के पास कभी न जाते और इतना बड़ा निर्णय न होता।

आज की टकराव व कटुता की राजनीति में कोई यह सोच भी नहीं सकता कि ऐसा कभी हुआ था। मैं भाग्यशाली हूँ, यह करने का मौका मुझे मिला। आज श्री कल्पनाथ राय व नरसिम्हाराव इस दुनिया में नहीं है पर मैं सदा उनके इस योगदान के लिए उन्हें याद करता रहता हूँ। दुर्भाग्य से आज देश की राजनीति विरोध के लिए विरोध टकराव और घटिया आलोचना में सिमटती जा रही है। आज लोकसभा के चुनाव में देश की बुनियादी गंभीर समस्याएँ कोई मुद्दा नहीं। सारी बहस अधिकतर व्यर्थ की बातों पर हो रही है।

मेरा सौभाग्य था कि सत्ता में रहते हुए मुझे सदा कुछ ऐसे अधिकारी मिले, जो मेरी तरह कुछ नया और मौलिक सोचने में मेरी बड़ी सहायता करते थे। 1977 में सीधा जेल से निकलकर मुख्यमंत्री की कुरसी पर बैठा था। हिमाचल के विकास की बड़ी ऊँची कल्पनाएँ लेने लगा। साधन जुटाने की इच्छा हुई। एक अधिकारी ने बताया कि बिलासपुर जिला के बरमाणा में

सीमेंट उद्योग का काम काफी समय से खटाई में पड़ा है। पूरा पता किया। मुझे बताया गया कि सीमेंट उद्योग की एक बड़ी कंपनी ए.सी.सी. सब तरह से तैयार है परंतु उनका कहना है, जो नई सड़क वहाँ पर बननी है, उसे सरकार बनाए। सरकार कहती रही है कि नई सड़क उद्योग के कारण बनाई जा रही है, इसलिए उसे कंपनी बनाए। मैंने एक अधिकारी को बुलाया और कहा कि कल मुझे पूरे ब्योरे के साथ यह बताए कि यदि उद्योग लग जाए तो प्रदेश को क्या-क्या लाभ होगा और इस नई सड़क को बनाने के लिए कितना खर्च होगा। अधिकारी बहुत योग्य थे। दूसरे दिन वे एक लंबी सूची लेकर ज्यों ही मेरे कार्यालय में आए तो खुशी से कहने लगे—"क्षमा करना, इस बारे में हमने इस दृष्टि से कभी सोचा ही नहीं। कुल मिलाकर यदि सड़क पर 100 रुपए खर्च होंगे तो प्रदेश को उसके मुकाबले सैकड़ों नहीं हजारों रुपए का फायदा होगा।" मैंने विभाग के अन्य अधिकारियों को बुलाया। सब सहमत हुए कि नई सड़क बनाना प्रदेश के फायदे में है। मुझे बताया गया कि कंपनी के एक अधिकारी श्री सभरवाल कई महीनों सरकार से यह माँग करने के बाद निराश होकर वापस चले गए। मैंने स्वयं श्री सभरवाल को फोन किया और कहा कि वे तुरंत शिमला आएँ, इस सड़क को सरकार बनाने के लिए तैयार है। वे आए, बातचीत हुई और बरमाणा में सीमेंट उद्योग शुरू हुआ। आज उसके कारण हजारों लोग ट्रकों के मालिक बन गए। पूरे जिला की गरीबी और बेरोजगारी दूर हुई।

1990 में दोबारा मुख्यमंत्री बना तो सोलन के दाड़लाघाट में सीमेंट उद्योग प्रारंभ करने की काररवाई की। प्रदेश में कांग्रेस नेता श्री वीरभद्र सिंहजी और श्री सुख राम पर्यावरण के नाम से खुला विरोध करने लगे। कांग्रेस ने कुछ लोगों को उकसाया और इसी विषय को लेकर वे अदालत में चले गए। उस समय केंद्र में श्री कमलनाथ इस विभाग के मंत्री थे। मैं उनसे मिला, विस्तार से बात की। कई बार मिलने के बाद उनसे मेरे अच्छे संबंध बन गए। मैंने उनसे कहा, छोटा सा हिमाचल कठिन पहाड़ी प्रदेश है। विकास के लिए अधिक साधन चाहिए—साधन हैं नहीं। मैंने बताया कि वरमाणा में एक सीमेंट

उद्योग के कारण पूरे जिला की बेरोजगारी और गरीबी दूर हो गई। मुख्यमंत्री के रूप में मेरा केंद्र की कांग्रेस सरकार के सभी मंत्रियों से शालीनता और सद्भाव का संबंध बना था। श्री कमलनाथजी मुझसे सहमत हुए और सीमेंट उद्योग के संबंध में सभी औपचारिकाओं को उन्होंने पूरा करवाया। इतना ही नहीं, कहने लगे के मैं प्रदेश के बारे में इतना कुछ सोचता हूँ तो वे अवश्य ही मदद करेंगे। मैंने उनसे सीमेंट उद्योग का शिलान्यास करने के लिए कहा, वे मान गए। प्रदेश कांग्रेस के विरोध के बावजूद वे स्वयं हेलीकाप्टर उड़ाकर दाड़लाघाट पहुँचे और सीमेंट उद्योग का शिलान्यास किया। वे एक अच्छे पायलट हैं। उनसे मेरी मित्रता के संबंध आज तक हैं। मध्य प्रदेश के मुख्यमंत्री बनने पर मैंने उन्हें बधाई भेजी थी। मेरा विश्वास है, यदि पक्ष और विपक्ष चुनाव के बाद विकास के लिए एकजुट होकर काम करें तो कई गुणा अधिक विकास हो सकता है। दोनों को लोकतंत्र के रथ के दो पहिए कहा गया है।

रथ तभी चल सकता है यदि दोनों साथ-साथ चलें। आज राजनीति में दुर्भाग्य से यह दिखाई नहीं देता। मुझे प्रसन्नता है कि मैंने यह करके दिखाया था। आजादी के बाद के 70 सालों में हिमाचल में दो ही सीमेंट उद्योग लगे और दोनों तब लगे, जब मैं मुख्यमंत्री था।

दिल्ली से टिकटों का अंतिम निर्णय होने के बाद मैं पालमपुर वापस आ रहा था। सोचा, अब तो सिर्फ एक बार अपना सामान वापस लाने के लिए जाना होगा। इच्छा हुई, श्री लालकृष्ण आडवाणीजी के घर चला गया। कुछ लोग बैठे थे। चर्चा हो रही थी। आडवाणीजी चुप थे। कभी-कभी उनकी आँखों से आँसू निकल पड़ते थे, उनकी बेटी प्रतिभा आँसू पोंछ देती थी। सब देखकर मन आहत हुआ। वह स्थिति कैसे आई, कुछ कहना नहीं चाहता परंतु ऐसी स्थिति नहीं आनी चाहिए थी। जब मैं चुनाव लड़ाने का आनंद ले रहा हूँ तो यहाँ यह स्थिति क्यों आई। क्या इसे टाला नहीं जा सकता था।

घर आकर देर तक सोचता रहा। ऐसे और भी कई बार कई समाचार पुराने नेताओं के बारे में सुने हैं। मेरे मन में भारतीय जनसंघ, फिर जनता पार्टी और फिर भारतीय जनता पार्टी के इतिहास की यादें घूमने लगीं। श्री अटल-

आडवाणी की जोड़ी और आडवाणीजी की लंबी तपस्या कुशल नेतृत्व मेरी आँखों में घूम गया और फिर एकदम उनकी आँखों के आँसुओं की याद ने मुझे विचलित कर दिया। मन में एक बात आई कि पार्टी का आज का यह वैभव ऐसे नहीं आया था। कुछ नेताओं को बना बनाया यह साम्राज्य मिला है परंतु सबको यह याद रखना चाहिए कि पार्टी के इस भव्य महल को बनाने से पहले यहाँ ऊबड़-खाबड़ कँटीली धरती थी। कुछ लोग आए थे, उस धरती को साफ किया था। पता नहीं क्या कुछ सहा था। फिर नींव खुदी थी। बहुत से नींव के पत्थर बने थे। उसी के कारण यह भव्य महल आज जगमगा रहा है। उसी पीढ़ी में से कहीं-कहीं कुछ लोग बाकी हैं। ऐसी स्थिति क्यों आए कि वे अनुभव करें कि उनकी उपेक्षा हो रही है। उन्हें भुलाया जा रहा है। उन्हें भी खुले दिल से नए नव निर्माण में नए युवकों की भूमिका को स्वीकार करना चाहिए। कहीं-कहीं ऐसा नहीं हो रहा है। मुझे लगता है, दोनों तरफ से कुछ कमी रही है।

आज की नई पीढ़ी को पुरानी पीढ़ी के कठोर संघर्ष को भुलाना नहीं चाहिए। सोचता हूँ शायद आडवाणीजी के आँसू नई पीढ़ी को एक गीत के इन शब्दों में कह रहे हों—

कभी किसी रोज यों भी होता,
हमारी हालत तुम्हारी होती।
जो रात हमने बिताई मरकर,
वह रात तुमने बिताई होती।

मुझे पता नहीं पार्टी ने 75 वर्ष की आयु से ऊपर के नेताओं को चुनाव न लड़ाने का कभी कोई औपचारिक निर्णय विधिवत् किया या नहीं परंतु व्यवहार में ऐसा हो रहा है। यदि पार्टी का निर्णय है तो एक कार्यकर्ता के रूप में मुझे स्वीकार है। मैंने सहर्ष स्वीकार भी किया है परंतु एक लेखक के रूप में अभिव्यक्ति की स्वतंत्रता का प्रयोग करते हुए यह कहना चाहूँगा कि यौवन नापने का पैमाना केवल आयु नहीं है। आयु भी है परंतु आयु ही नहीं है। इतिहास ने 20-30 वर्ष के बुजदिल बूढ़ों (सचमुच जवान नहीं) को देखा

है, जो अंग्रेजों और मुगलों की गुलामी करते रहे और देशभक्तों की पीठ में छुरा घोंपते रहे। इतिहास ने 80 साल के जवान कुँवर सिंह को भी देखा है, जो एक हाथ कट जाने के बाद भी अंतिम समय तक देश की आजादी के लिए अंग्रेजों से लड़ता रहा। जो साहस से सदा चलते रहते हैं, कभी कहीं सिद्धांतों से समझौता नहीं करते, न रुकते हैं, न झुकते हैं और न ही कभी बिकते हैं, वे किसी भी आयु में सदा जवान रहते हैं। इसलिए सोचता हूँ, श्री आडवाणी जैसे कुछ नेता विश्व के सबसे बड़े देश की इतनी बड़ी सरकार में कहीं-न-कहीं बिठाए व सजाए जाते तो परिवार की शोभा और बढ़ जाती।

चुनाव की राजनीति छोड़ते हुए मुझे किसी प्रकार की कोई परेशानी नहीं हो रही। पकड़ने और छोड़ने में मेरे लिए कोई अंतर नहीं है क्योंकि मैं कर्ता भाव से दूर रहता हूँ। 1980 में जब दल-बदल के कारण मैंने त्याग-पत्र दिया था तो इसी प्रकार से मैं प्रसन्न था। राज्यपाल महोदय को त्याग-पत्र देकर लौटा। बहुत से मित्र और पत्रकार इकट्ठा हो गए थे। उन्होंने पूछा, त्याग-पत्र दे दिया, अब क्या करोगे? मैंने उत्तर दिया था कि मैं अब सिनेमा देखने जा रहा हूँ। सब हैरान थे। किसी को विश्वास नहीं हो रहा था। मैंने कहा था, यह देखो टिकट पहले ही मँगवा लिये हैं, कुछ अतिरिक्त भी मँगवाए हैं। आप में से कोई चाहे, मेरे साथ चल सकता है। मैं सीधा रिज पर सिनेमा में गया था। मैंने आनंद से सिनेमा देखा। सब जगह शोर मच गया क्योंकि इतनी जल्दी किसी को त्याग-पत्र की आशा नहीं थी। मैंने तय कर लिया था कि ज्यों ही मैं अल्पमत में हो जाऊँगा तो एकदम सत्ता छोड़ दूँगा। दिल्ली में इंदिरा गांधी के आने के कारण बहुत से प्रदेशों में हलचल मची थी। जनता पार्टी के एक-एक करके विधायक दल बदल रहे थे। मेरे मित्र और पार्टी के कार्यकर्ता श्री कृष्ण कुमार सिनेमा हॉल में आकर मुझ से मिले और रोते हुए कहने लगे—"हमने कहा था, त्याग-पत्र न दो। कुछ लोग विधायकों को वापस लाने की कोशिश कर रहे हैं। आपने बिना बताए यह सब क्यों कर दिया?" मैंने उनकी आँखों में देखकर कहा, "मैं जिंदा मांस का व्यापारी नहीं हूँ। विधायकों की मंडी में खरीदने के लिए न कभी गया, न कभी जाऊँगा। मैं शान से कुरसी पर बैठा

था। शान से शानदार काम किया और अब शान के साथ त्याग-पत्र देकर सिनेमा देखने आ गया।" मैंने उन्हें साथ बैठा लिया परंतु उनके आँसू न रुके।

अखबारों में खबर छप गई। दूसरे दिन प्रातःकाल श्री आडवाणीजी का फोन आया—"बहुत आनंद आया—मजा आ गया। शायद ऐसा त्याग-पत्र कभी किसी ने नहीं दिया है। पिक्चर कौन सी देखी? उन्होंने हँसते हुए कहा—मैंने उत्तर दिया 'जुगनू' पिक्चर देखी, बहुत बढ़िया है।" मुख्यमंत्री की कुरसी छोड़ते हुए मैंने आनंद लिया था तो आज चुनाव की राजनीति छोड़ते हुए मुझे किसी प्रकार की कोई परेशानी का प्रश्न ही पैदा नहीं होता। आज चुनावी राजनीति छोड़ रहा हूँ। हो सकता है, कुछ दिनों के बाद पूरी राजनीति छोड़ दूँ। वैसे तो एक दिन यह दुनिया भी छोड़नी है। राजनीति में कई बार अकेलापन लगता है। सभी पुराने साथी एक-एक करके चले गए। श्री दौलत राम चौहान, श्री किशोरी लाल और श्री जगदेव चंद—उस युग के लगभग सब लोग जा चुके हैं। कुल्लू के श्री कुंज लाल इस दृष्टि से मेरे अंतिम साथी थे। 1951 में मैंने उनके साथ संघ शिक्षा वर्ग में भाग लिया था। बहुत पुराना मित्रता का संबंध था उनसे। वे विधायक बने, फिर मेरे साथ मंत्री रहे। मैं जब भी कुल्लू जाता था, हम दोनों बैठकर पुरानी यादों को ताजा करते थे। पिछले वर्ष वे भी स्वर्ग सिधार गए। 1953 के गुरदासपुर और हिसार जेल के सभी साथी चले गए। 1975 के नाहन जेल में मेरे साथियों मे से अब शायद श्री राधारमण शास्त्री ही हैं।

मेरा सौभाग्य है कि राजनीति से हटकर उससे भी अधिक बड़ा और रचनात्मक काम विवेकानंद ट्रस्ट के रूप में मेरे पास है। आज से लगभग 15 वर्ष पहले सेवा का यह कार्य प्रारंभ किया। दो बड़ी संस्थाएँ 'विवेकानंद मेडिकल इंस्टीट्यूट' और 'कायाकल्प' चल रही हैं। जन सहयोग से लगभग 50 करोड़ रुपए का निवेश हो चुका है। कायाकल्प योग और प्राकृतिक चिकित्सा का पूरे भारत में एक प्रसिद्ध केंद्र बना है। विदेशों तक के लोग आने लगे हैं। एक नई परियोजना 'विश्रांति' (सीनियर सिटीजन होम) प्रारंभ कर दी है। 11 करोड़ रुपए की इस परियोजना में एक निगम ने 8 करोड़

रुपए की सहायता कर दी है। तीन करोड़ रुपए ट्रस्ट लगाएगा। मैं अब और अधिक जन सहयोग प्राप्त करके विश्रांति को एक बड़ी सेवा संस्था के रूप में खड़ा करूँगा।

कल प्रात:काल योग कर रहा था। सामने धौलाधार की बर्फ से ढकी एक सुंदर पर्वतमाला पर सूर्य की पहली किरण चमकी। आनंदित हो गया। योग छोड़कर खयालों में खो गया। किसी कल्पना लोक में पहुँचकर सोचने लगा, शायद मुझे भगवान कभी मिलेंगे नहीं पर यदि कभी मिल जाएँ तो मैं उनके चरण पकड़कर कहूँगा—"मुझे आपने बहुत कुछ दिया प्रभु परंतु एक मीठा शिकवा करना चाहता हूँ। दो बार प्रदेश की सेवा का मौका, वह भी बहुत छोटी अवधि। परंतु आप की कृपा से बहुत बड़ी उपलब्धि कर पाया। क्या आप मुझे पाँच या दस वर्ष नहीं दे सकते थे। आपने किस-किस को कहाँ-कहाँ कितने समय बिठाया, क्षमा करना प्रभु, छोड़िए, मुझे सब स्वीकार है।" प्रभु ने मेरे सिर पर हाथ रखा, कहा—"बेटा तुम्हारा गिला ठीक लगता हैं। मैं मंदिरों और ईंट-पत्थरों के धार्मिक स्थानों पर लगभग नहीं होता हूँ। कभी-कभी वहाँ सच्चे भक्त आएँ, तभी जाता हूँ परंतु धरती के प्रत्येक नर में नारायण के रूप में हमेशा रहता हूँ। तुमने वहीं पर मुझे देखा और छोटी सी अवधि में नर सेवा ही नारायण सेवा का व्रत निभाया। वैसे तो तुम्हें फिर से धरती पर भेजने की आवश्यकता नहीं है। परंतु सोच रहा हूँ, एक बार फिर भेज दूँ।" एकदम चौंककर मैंने अपनी नजर हटाई कल्पना लोक से वापस लौटा, मेरी सजल आँखें देखकर संतोष ने पूछा, उसे बताया, उसकी आँखें भी सजल हो गईं।

अपने लेखन, राजनीति और लंबे सफर की सफलता के लिए मैं पंजाब केसरी परिवार को भी धन्यवाद देना चाहूँगा। मेरी बहुत-सी पुस्तकों को धारावाहिक छापा। मेरे विचारों को जनता तक पहुँचाया। उनके कारण मेरा एक अलग पाठक परिवार बन गया है। मुझे पढ़कर हिमाचल से दिल्ली तक बहुत से पाठकों के फोन आते हैं। यदि कुछ न छपे तो पाठक गिला-शिकवा करते हैं। इतना ही नहीं, इमरजेंसी के 19 महीने की जेल के बाद जब घर

पहुँचा तो आजीविका का कोई सहारा न था। एक प्रिंटिंग प्रेस लगवाया था, जो बिक चुका था। वकालत पहले छोड़ दी थी। जेल में 4 पुस्तकें लिखी थीं। कुछ मित्रों से सलाह करके अपनी पुस्तकें छपवाकर एक प्रकाशन शुरू करने की खबत चढ़ी। पहली पुस्तक छपकर आई और 'बीना प्रकाशन' के नाम से प्रकाशन शुरू किया। पुस्तक का विमोचन करने के लिए इमरजेंसी में साहस से खड़े रहने वाले पंजाब केसरी के संपादक लाला जगत नारायणजी को पत्र लिखकर निमंत्रण दिया। वे पालमपुर आए। मुझे आशीर्वाद दिया। आज श्री विजय चोपड़ा के साथ मेरा वह संबंध उसी प्यार से चल रहा है। मेरे लंबे सफर की सफलता के लिए मैं पंजाब केसरी परिवार का बहुत आभारी हूँ।

मैं जानता हूँ कि मैं पहाड़ के उस तरफ उतराई पर हूँ। मेरी पीढ़ी के लोगों को अब जाना ही जाना है। मुझे प्रसन्नता है कि जब भी जाऊँगा, हँसता, गाता और मुसकराता हुआ जाऊँगा। डरने का तो प्रश्न ही पैदा नहीं होता। स्कूल जाने से वही बच्चा डरता है, जिसने पूरा होमवर्क न किया हो। अपने प्रभु के पास जाने के लिए मैंने पूरी ईमानदारी से पूरा होमवर्क किया है। जाते-जाते अटलजी की कविता की इन पंक्तियों को गुनगुनाता हुआ जाऊँगा—

जी भर जिया,
मन से मरूँ
लौट के आऊँगा
कूच से क्यों डरूँ।

□

गरीब किसान के लिए किसी की आँख में आँसू नहीं

भारत की राजनीति सच्चाई और गुणवत्ता पर कम राजनीतिक लाभ पर अधिक सक्रिय रहती है। भूमि अधिग्रहण बिल पर विपक्ष द्वारा एक बड़ा आंदोलन चलाया जा रहा है। कुछ वर्ष पहले जब कांग्रेस सरकार ने यह कानून बनाया था, उसी समय बहुत से प्रदेशों के कांग्रेसी मुख्यमंत्रियों ने यह कहा था कि कानून में बहुत कमियाँ हैं। इसके रहते बहुत सी जरूरी सार्वजनिक आवश्यकताओं के लिए भूमि का अधिग्रहण नहीं किया जा सकता। यदि देश का विकास करना है तो बहुत कुछ बनाने के लिए बहुत उद्योग लगाने पड़ेंगे। भूमि की सिंचाई करने के लिए योजनाएँ चलानी पड़ेंगी। इन सब के लिए भूमि चाहिए। यह सब कुछ हवा में नहीं होगा। कुछ मुख्यमंत्रियों ने लिखित रूप में भारत सरकार को इस कानून को बदलने के लिए कहा था। इस कानून के ठीक न होने का सबसे बड़ा प्रमाण यह है कि इस कानून के बनने के बाद पूरे देश में किसी भी महत्त्वपूर्ण बड़ी योजना के लिए भूमि का अधिग्रहण नहीं किया जा सका।

इसी आवश्यकता का अनुभव करते हुए नई केंद्र सरकार ने नया भूमि अधिग्रहण कानून बनाया। उसके विरोध में पूरा विपक्ष इकट्ठा हो गया है। सरकार ने खुले मन से सब की बात सुनी और संसद में 9 महत्त्वपूर्ण संशोधन भी कर दिए। इसके बाद भी विपक्ष इस कानून को पास नहीं होने दे रहा है।

कानून के विरोध में रैलियों में आम गरीब किसान शामिल हो रहा है।

कुछ पत्रकारों ने जब उनसे पूछा तो अधिकतर ने यह कहा कि उन्हें कानून का विशेष ज्ञान नहीं है। कुछ ने कहा कि उनके पास इतनी भूमि भी नहीं है, जिसे कभी सरकार लेगी। फिर भी किसान इस आंदोलन में भाग ले रहे हैं। वास्तव में विपक्ष किसानों को राजनीतिक लाभ के लिए गुमराह कर रहा है और अधिकतर किसान इस आंदोलन में इस कानून के कारण शामिल नहीं हो रहे। उसका एक और विशेष ऐतिहासिक कारण है।

खेती का काम सबसे अधिक महत्त्वपूर्ण है। अनाज और सब प्रकार की उपज के बिना कोई भी देश जी नहीं सकता परंतु कृषि का काम न तो लाभप्रद है, न ही आकर्षक। अन्य व्यवसायों में आय भी अधिक है, सुख-सुविधा भी अधिक है और सामाजिक स्तर भी अधिक है। इसलिए विश्व के बहुत से देश किसानों को खेत से जोड़कर रखने के लिए उन्हें सीधे आय सहायता देते हैं।

भारत में कृषि का सबसे महत्त्वपूर्ण व्यवसाय सबसे अधिक उपेक्षित है। देश में सबसे अधिक गरीब लोगों में अधिक संख्या में किसान हैं। यद्यपि 50 वर्षों से सरकार न्यूनतम मूल्य घोषित करती है। किसानों को लाभप्रद मूल्य देने के लिए अनाज खरीदती है परंतु कड़वी सच्चाई यह है कि कई लाख करोड़ रुपए खर्च करने के बाद भी सरकार केवल 6 प्रतिशत बड़े किसानों से ही अनाज खरीदती है। देश के लगभग 32 प्रदेश और केंद्र शासित प्रदेशों में से केवल 6 प्रदेशों में पूरी तरह सरकारी खरीद होती है। देश के 9 करोड़ किसानों में से 94 प्रतिशत किसान अपनी उपज बहुत कम भाव से बिचौलियों को बेचते हैं और गरीबी का जीवन व्यतीत करते हैं। देश के सभी गाँवों में बैंक सुविधा नहीं है, इसलिए आज भी बहुत से किसान पुराने साहूकारों से कर्ज लेते हैं और कर्ज में दबे रहते हैं।

स्वतंत्रता के 68 वर्षों के बाद भी भारत जैसे कृषि प्रधान देश में लगातार किसानों की आत्महत्याएँ हो रही हैं। राष्ट्रीय अपराध रिकॉर्ड ब्यूरो के अनुसार 1995 से लेकर अब तक 270940 किसान आत्महत्याएँ कर चुके हैं। 1995 से 2000 तक के 6 वर्षों में प्रति वर्ष 14462 किसानों ने आत्महत्याएँ कीं।

2001 से 2011 तक प्रति वर्ष 16743 किसानों ने आत्महत्याएँ कीं। इस हिसाब से प्रतिदिन 46 किसान आत्महत्याएँ करते हैं। आत्महत्याएँ अन्य कारणों से भी होती हैं परंतु सब आत्महत्याओं में किसानों की आत्महत्याओं का प्रतिशत बहुत अधिक है।

इस विषय के जानकार विद्वान् चेन्नई के एशियन कॉलेज के प्राध्यापक प्रो. के. नागाराज कहते हैं कि यह स्थिति अत्यंत चिंताजनक है। आत्महत्याओं की संख्या घट नहीं रही। अब कुछ प्रदेशों में आत्महत्याओं के आँकड़ों को छिपाने का षड्यंत्र अवश्य किया जा रहा है। भारत के कृषि प्रधान प्रदेशों में आत्महत्याएँ अधिक हो रही हैं। देश में होने वाली कुल आत्महत्याओं में दो-तिहाई आत्महत्याएँ महाराष्ट्र, आंध्र प्रदेश, कर्नाटक, मध्य प्रदेश और छत्तीसगढ़ में होती हैं। 1995 में महाराष्ट्र में ही 53818 किसानों ने आत्महत्याएँ कीं।

इसी कारण देश में किसानों की संख्या धीरे-धीरे कम हो रही है। 2011 की जनगणना के अनुसार देश में किसानों की संख्या 77 लाख कम हो गई।

कृषि व्यवसाय सबसे अधिक महत्त्वपूर्ण व्यवसाय है। इस व्यवसाय में लगा किसान सबसे अधिक गरीब है और उसी की भारत में सबसे अधिक उपेक्षा होती रही है। सबसे अधिक चिंता का विषय यह है कि इस अत्यंत दुर्भाग्यपूर्ण परिस्थिति की ओर न तो देश की सरकार पूरा ध्यान देती रही है और न आम जनता का ध्यान इस संकट की ओर रहा है।

पिछले दिनों भारत हॉकी में विश्व कप में हार गया। करोड़ों दर्शकों ने आँसू बहाए, एक ने तो आत्महत्या कर ली। कुछ ने अपने टी.वी. तक तोड़ दिए, कुछ सड़कों पर आ गए। नारे लगाने लगे। मुझे यह सब देखकर बहुत हैरानी हुई क्योंकि खेल-तो-खेल है। उसमें कभी हार होती है तो कभी जीत होती है, फिर आत्महत्या तक करने की बात समझ नहीं आती। मैं सोच रहा था कि देश में लाखों किसानों ने आत्महत्या की लेकिन किसी ने आँसू नहीं बहाए, कहीं से कोई आवाज नहीं उठी, यहाँ तक कि नेताओं ने भी आँसू नहीं बहाए। यह सबसे बड़ा प्रमाण है कि महत्त्वपूर्ण कृषि व्यवसाय की ओर

सबसे अधिक उपेक्षा की भावना व्याप्त है।

देश के अधिकतर किसान कर्ज में दबे रहते हैं। जब खेत से पूरी आय नहीं होती, कर्ज चुकाया नहीं जाता तो बैंक उन पर क़ाररवाई करते हैं। हिमाचल जैसे कुछ प्रदेशों में तो इस कर्ज को भू-राजस्व के बकाया के रूप में (Arrears of Land Records) वसूल किया जाता है। कई बार किसानों को जेल भी जाना पड़ता है। उनकी भूमि भी बैंक नीलाम करते रहे हैं।

आज से लगभग 80 वर्ष पहले हिंदी के महान् लेखक मुंशी प्रेमचंद ने अपने प्रसिद्ध 'गोदान' उपन्यास में किसानों की इस दुर्दशा का वर्णन किया था। उपन्यास का नायक किसान होरी जीवन भर साहूकारों के कर्ज में दबा रहता है। घुट-घुटकर जीता है। मरने लगता है तो उसकी पत्नी उस का गोदान करने के लिए गाय भी नहीं खरीद पाती। उसके पास जो चार पैसे थे, उसे ही शव पर रखकर गोदान की रस्म अदा क़रती है। भारत स्वतंत्र हो गया, योजनाएँ आईं और चली गईं पर बेचारा किसान आज भी निराशा में आत्महत्या करने पर विवश हो रहा है।

देश के उद्योग चलाने वाले बड़े-बड़े उद्योगपति भी बैंकों से उधार लेते हैं। बहुत से बड़े उद्योगपति समय पर उधार नहीं चुकाते और उधार की राशि बढ़ती चली जाती है।

उधार की इस राशि के आँकड़े चौंकाने वाले हैं। 2009 में यह कुल उधार 449.57 बिलियन था। 3 वर्षों के बाद 2012 में यह उधार बढ़कर 1125 बिलियन हो गया। 2012-13 में यह उधार 1644 बिलियन और फिर 2013-14 में 2272 बिलियन हो गया। 1993 में यह उधार केवल 392 बिलियन था।

वित्त मंत्रालय की एक रिपोर्ट के अनुसार देश की केवल 30 बड़ी कंपनियों का उधार 16877 करोड़ रुपए हैं। ये 30 कंपनियाँ बड़े-बड़े उद्योगपतियों की हैं और निश्चित रूप से इनका संबंध देश के बड़े-बड़े नेताओं से भी होगा।

बहुत से बैंक उधार के इन आँकड़ों को पूरी तरह से बताते भी नहीं। कंपनियों और उद्योगपतियों का नाम तो बिल्कुल गुप्त रखा जाता है परंतु उधार न चुकाने वाला किसान जेल जाता है, अदालत में खड़ा किया जाता है। एक सूचना के अनुसार इस समय यह उधार 2277 लाख करोड़ तक पहुँच गया है।

कांग्रेस शासन के जिन वर्षों में सबसे अधिक घोटाले हुए, उसी समय सबसे अधिक उधार बढ़े। यह तथ्य भी विचारणीय है।

इस प्रकार के उधार, जो लंबे समय तक वापस नहीं आते, उन्हें बैंकों की भाषा में Non-performing asset का नाम दे दिया जाता है। सच्चाई यह है कि इन बड़े-बड़े उद्योगपतियों से उधार वसूल करने की काररवाई पूरी तरह से लागू नहीं की जाती। शायद इसलिए भी क्योंकि इन्हीं के काले धन से राजनीतिक दल चुनाव लड़ते हैं परंतु यह धन देश का है, देश की गरीब जनता का है। देश के विकास में लगना चाहिए। उच्च न्यायालय के एक न्यायाधीश ने इस संबंध में टिपण्णी की थी कि देश के धनवान उद्योगपति बड़े-बड़े वकील खड़े करके सरकार की काररवाई से बच निकलते हैं।

उद्योग भी देश के लिए एक महत्त्वपूर्ण व्यवसाय है परंतु कृषि उससे भी अधिक महत्त्वपूर्ण है। उद्योगपति उधार वापस नहीं दे पाते और लाखों-करोड़ों रुपए के उधार उनके पास पड़े रहते हैं परंतु कभी किसी ने सरकारी काररवाई से तंग आकर किसी उद्योगपति को आत्महत्या करते नहीं सुना; वहीं देश में लगभग 3 लाख किसान इसी कारण आत्महत्या कर चुके हैं। एक लोकतांत्रिक देश में उद्योगपति और किसान के साथ यह अलग व्यवहार अत्यंत दुर्भाग्यपूर्ण है।

भारत के मुकाबले विश्व के अन्य देशों में किसान की ऐसी दुर्भाग्यपूर्ण स्थिति नहीं है। अमेरिका में केवल 22 लाख किसान हैं परंतु वहाँ की सरकार उन किसानों को 73 लाख रुपए प्रति किसान प्रति वर्ष के हिसाब से आय सहायता करती है। चीन में कुछ वर्ष पहले 17 बिलियन डॉलर खाद अनुदान

देश में दिया जाता था। अब वहाँ यह सारा धन सीधे किसानों को आय सहायता के रूप में दिया जाने लगा है। विश्व के अधिकतर देश इसी प्रकार किसान को सीधे आय सहायता देते हैं।

भारत गाँव, गरीब व किसानों का देश है। गाँव व कृषि की उपेक्षा का ही परिणाम है कि विकास के साथ-साथ गरीबी भी बढ़ती रही। चीन ने कृषि को सबसे अधिक महत्त्व दिया और इसीलिए गरीबी को बहुत कम कर लिया। भोजन सुरक्षा किसान सुरक्षा के बिना नहीं होगी।

□

स्वामी विवेकानंद आए, आँसू बहाए और लौट गए

भारत की अर्थव्यवस्था के संबंध में एक समाचार पढ़ा कि इस समय भारत की अर्थव्यवस्था विश्व में सबसे अधिक तेजी के साथ आगे बढ़ रही है। जब चीन में वृद्धि दर केवल 7.3 प्रतिशत है तो भारत में वृद्धि दर 7.5 प्रतिशत है। जी-20 के सभी देशों में भारत की वृद्धि दर सबसे अधिक है। इतना ही नहीं, भारत में अमीरों और करोड़पतियों की संख्या बढ़ती चली जा रही है। विश्व के 20 सबसे अमीर व्यक्तियों में अमेरिका के 5 और भारत के 3 हैं। यह सब पढ़कर प्रसन्नता होती है। राष्ट्रीय स्वाभिमान से मस्तक ऊँचा हो जाता है।

एक और समाचार पढ़ा कि भारत के एक धनवान उद्योगपति ने मुंबई में 8 हजार करोड़ रुपए से अपना आलीशान मकान बनाया। उनका हैलीपेड भी उसी मकान में हैं। एक और समाचार आया कि एक अमीर व्यक्ति ने अपनी धर्मपत्नी के जन्मदिन पर 135 करोड़ रुपए का हवाई जहाज भेंट किया। ऐसे बहुत से समाचारों से लगता है, भारत खुशहाल हो गया। शहीदों के सपनों का भारत बन गया।

परंतु कुछ दिन के बाद मुंबई के निकट के एक गाँव जौहर तालुका का एक और समाचार पढ़ने को मिला। 28 वर्षीय एक अति गरीब माँ ने अपनी बेटी को 400 रुपए में रमेश नाम के व्यक्ति को बेच दिया। वह माँ गरीबी और भुखमरी से इतनी लाचार थी कि 400 रुपए लेकर अपने जिगर के टुकड़े को बेचकर चली गई। एक माँ की लाचारी-मजबूरी कितनी होगी कि 400 रुपए

में वह कर दिया, जिसे पढ़कर ही दिल दहल जाता है। उसी गाँव में 1993 में 34 बच्चे कुपोषण और भुखमरी के कारण मर गए थे। पिछले वर्ष भी इसी कारण कुछ बच्चों के मरने का समाचार आया था। विश्व की ऐश्वर्य नगरी मुंबई के बिल्कुल निकट इस क्षेत्र की आबादी 1 लाख 27 हजार के लगभग है, जिनमें से 90 प्रतिशत आदिवासी गरीब रहते हैं।

भारत के विकास के संबंध में इसी प्रकार के आर्थिक विषमता के समाचार छपते रहते हैं। भारत के विकास की सबसे बड़ी त्रासदी यही है कि विकास के साथ सामाजिक न्याय नहीं हुआ। विकास का सबसे अधिक लाभ सबसे ऊपर के लोगों को मिला और सबसे कम लाभ नीचे के सबसे गरीब लोगों को हुआ। जितनी आर्थिक वृद्धि हो रही है, उतनी ही आर्थिक विषमता भी बढ़ रही है।

केंद्र की नई सरकार एक नारा दे रही है—'सबका साथ, सबका विकास' विचार तो बहुत अच्छा है परंतु काफी नहीं है, सबका विकास परंतु सबसे नीचे के सबसे गरीब का विकास सबसे पहले और सबसे अधिक होना चाहिए। विकास की 15 सीढ़ियों में से कुछ ऊपर की सीढ़ी पर पहुँच गए, कुछ 10 पर पहुँच गए और कुछ अभागे पहली सीढ़ी पर ही तरस रहे हैं। सबसे नीचे वालों को अधिक तेजी से ऊपर लाना पड़ेगा। तभी एक संतुलन बैठेगा। स्वतंत्रता के बाद यह हुआ नहीं, परिणाम यह है कि जितना अधिक विकास हो रहा है, उतनी अधिक आर्थिक विषमता भी बढ़ रही है। यदि अमीर 15 कदम ऊपर जाता है तो कुछ गरीब कठिनाई से दो कदम आगे जा पाते हैं, तेरह कदमों का फर्क और बढ़ जाता है। कुछ अति गरीब तो पहली सीढ़ी पर ही पड़े रहते हैं। इसी विकास से एक तरफ अमीरी चमकती जा रही है और दूसरी तरफ गरीबी सिसकती रहती है।

इसी प्रकार के विकास के कारण भारत के 36 बड़े उद्योगपतियों की संपत्ति 12 लाख करोड़ रुपए हो गई। यह रकम भारत सरकार के एक साल के गैर-योजना बजट से भी अधिक है। यह भारत के 25 करोड़ लोगों की संपत्ति के बराबर है।

भारत के 100 सबसे अमीर लोगों की संपत्ति एक वर्ष में 6 लाख 45 हजार करोड़ से बढ़कर 12 लाख 90 हजार करोड़ हो गई। केवल एक साल में दुगनी। सबसे अधिक अमीरों की संपत्ति में सबसे अधिक वृद्धि।

दो वर्ष पहले के राष्ट्रीय सैंपल सर्वे के अनुसार 26 करोड़ भारतीय अति गरीब हैं, उनमें से 6 करोड़ केवल 8 रुपए रोज पर गुजारा करते हैं। संयुक्त राष्ट्र संघ के विश्व भूख सूचकांक के अनुसार विश्व के 119 देशों में भारत नीचे 94वें स्थान पर है।

संयुक्त राष्ट्र विकास कार्यक्रम में मानव विकास रिपोर्ट के अनुसार भारत नीचे 127वें स्थान पर है, जबकि कुछ वर्ष पहले भारत 113वें स्थान पर था।

संयुक्त राष्ट्र संघ की एक रिपोर्ट के अनुसार सबसे अधिक भूखे लोग भारत में रहते हैं। कुपोषण से मरने वाले बच्चों की संख्या सबसे अधिक भारत में है।

भारत कृषि प्रधान देश है और अन्न के बिना कोई देश जीवित नहीं रह सकता। वह अन्न पैदा करने वाला किसान गरीबी और निराशा की उस सीमा पर पहुँचा है, जहाँ पर लगातार आत्महत्या कर रहा है। इस समय तक 2 लाख 70 हजार किसान आत्महत्या कर चुके हैं। इस बार मौसम की मार पड़ी तो लगातार आत्महत्याओं के समाचार आ रहे हैं। खेती सबसे अधिक महत्त्वपूर्ण व्यवसाय है और भारत में खेती की सबसे अधिक उपेक्षा हुई है।

शहीदों और देशभक्तों ने लंबा संघर्ष करके एक खुशहाल भारत बनाने का सपना लिया था परंतु आज तीन भारत बन गए हैं। अमीर-भारत, गरीब-भारत और भूखा आत्महत्या के कगार पर खड़ा भारत।

इस दिशा में केंद्र की नई सरकार बहुत कुछ करने की कोशिश कर रही है पर दरिद्रनारायण व अंत्योदय की दिशा में और भी बहुत कुछ करने की आवश्यकता है।

भारत का यह आर्थिक परिदृश्य—आलीशान महलों में सजती, सँवरती, चमकती अमीरी और पिछड़े गाँवों की झोंपड़ियों में तरसती-कराहती गरीबी, कर्जे के बोझ में दबे मजबूरी में आत्महत्या करते अन्नदाता किसान, कभी

सोने की चिड़िया कहे जाने वाले भारत में विश्व के सबसे अधिक गरीब और भूखे, सबसे अधिक कुपोषण से मरने वाले बच्चे, अमीर व गरीब में बढ़ती इस खाई से आर्थिक विषमता के कारण बढ़ते अपराध और नक्सलवाद से रोज मरते लोग, सुरक्षा बलों का आहत मनोबल...यह सब देखकर वेदना की टीस गहरी हो जाती है।

याद आता है 25 दिसंबर, 1892...कन्याकुमारी की शिला पर एक युवा संन्यासी विवेकानंद। घर-बार परिवार सब कुछ छोड़ दिया, केवल मोक्ष प्राप्त करने के लिए...चार वर्ष पूरे भारत में घूमकर जब देखी गरीबी, भुखमरी, पिछड़ापन, दीनता-हीनता, स्वाभिमान शून्यता तो ऐतिहासिक घोषणा की, "हे प्रभु नहीं चाहिए मुझे मोक्ष। जब तक भारत का प्रत्येक व्यक्ति भर पेट भोजन नहीं कर लेता, मैं बार-बार जन्म लूँ और मातृभूमि की सेवा करूँ"...और फिर स्वामी विवेकानंद ने देश को हिलाया, युवकों को ललकारा, स्वाभिमान जगाया और भारत के स्वतंत्रता आंदोलन की पृष्ठभूमि तैयार की, इसलिए सुभाष, नेहरू व अरविंद घोष ने उनको 'आधुनिक भारत का निर्माता' कहा।

मन-पटल पर एक कल्पना उभर आती है। विवेकानंद भारत में आए हैं। उल्लास छा जाता है। उन्हें प्रणाम कर, कहते हैं कुछ लोग, "हम आपकी जन्म-शताब्दी मना रहे हैं, आप आए, भाग्यशाली हैं हम, आज पूरा देश आपको याद कर रहा है। हमने उसी कन्याकुमारी की शिला पर आपका भव्य स्मारक बनाया है, चलिए सबसे पहले वहीं चलिए।"

स्वामीजी मौन शांत देखते हैं सब की तरफ, दिव्यदृष्टि से उस सारे भारत को देखते हैं, जिसे 125 वर्ष पहले पूरे चार साल घूमकर देखा था। उनकी आँखें सजल होती हैं, कुछ आँसू टपकते हैं, अपने गेरुवे वस्त्र से पोंछते हैं। सब का उल्लास गहरी हैरानी में बदल जाता है।

अपनी सजल आँखें उठाकर उसी ओजस्वी वाणी में बोलते हैं, स्वामीजी, "शताब्दी मना रहे हो लाखों लोगों के कार्यक्रम भाषण-पुस्तकें...करोड़ों रुपए से कन्याकुमारी की शिला पर मेरा भव्य स्मारक...वाह क्या बढ़िया तरीका है, मुझे याद करने का। उसी शिला पर मैंने जिस बात के लिए मोक्ष को भी

छोड़ दिया था, तुम उसे पूरी तरह भूल गए। मैंने कहा था, "भूल जाओ देवी-देवताओं को, भारत के गाँव का गरीब ही तुम्हारा देवता है, उसकी सेवा ही भगवान की पूजा है। मैंने संन्यासी होते हुए सत्यनारायण नहीं, दरिद्र नारायण की बात कही थी। वह गरीब दरिद्र आज सवा सौ साल के बाद भी दरिद्र है। मैंने प्रत्येक भारतीय की भूख मिटाने को कहा था, तुमने भारत को विश्व के सबसे अधिक भूखे लोगों का देश बना दिया।"

स्वामीजी रुके, आँखें पोंछीं और फिर बोले, "तुमने कुछ दिशाओं में सराहनीय उन्नति भी की है। विश्व में नाम भी बनाया है पर वह नहीं किया, जो दरिद्र नारायण के संदेश से तुम्हें करने को कहा था। वही बात बाद में महात्मा गांधीजी ने अंत्योदय के संदेश से कही थी। तुम हम दोनों को भूल गए। गरीब को झोंपड़ी में छोड़कर विकास के शिखर पर जा रहे हो।"

कहते-कहते स्वामीजी की आँखों से आँसू टपकने लगे। सामने खड़े लोग हतप्रभ हो शून्य में निहारने लगे। वे फिर बोले, "तुम स्मारक बनाते रहे, भाषण करते-सुनते रहे। तुम सदियों से यही कर रहे हो, तभी सदियों की गुलामी में डूबे रहे। वह करके दिखाओ, जिसके लिए मैंने मोक्ष भी छोड़ दिया था, फिर बुलाना, आऊँगा··कहते-कहते अदृश्य हो गए स्वामीजी।

□

योग—विश्व मानवता को भारत का अनमोल वरदान

संयुक्त राष्ट्र संघ द्वारा अंतरराष्ट्रीय योग दिवस मनाने का निर्णय भारत की एक ऐतिहासिक, अभूतपूर्व और चिरस्मरणीय उपलब्धि है। अब प्रति वर्ष 21 जून को पूरी दुनिया के लगभग सभी देशों में भारत को और योग को याद किया जाएगा। भारत के ऋषि-मुनियों द्वारा गहन अध्ययन और शोध के बाद मानव जाति को दिए गए इस वरदान की यह अंतरराष्ट्रीय मान्यता विश्व के इतिहास की भी एक बहुत बड़ी उपलब्धि है।

इस उपलब्धि में एक और उपलब्धि यह है कि इस पर प्रारंभ में कुछ विरोध के स्वर उभरे परंतु सरकार के उदार भाव से अब पूर्ण राष्ट्रीय सहमति बन गई है। भारत एक बहुत बड़ा देश है। भाषा, पूजा पद्धति, पहनावा, सब प्रकार की विभिन्नताएँ हैं। उस सबके बावजूद पूरे देश में योग पर जो राष्ट्रीय सहमति बनी, वह पूरे भारत के लिए एक स्वाभिमान की बात है।

इस ऐतिहासिक निर्णय का श्रेय केवल केंद्र सरकार को नहीं दिया जा सकता। इस विषय पर खुले दिल से विचार किया जाना चाहिए। मनुष्य की एक कमजोरी है कि श्रेय लेने में बहुत उदार हो जाता है और श्रेय देने में बहुत कंजूस हो जाता है। आज से एक सदी से भी अधिक पहले स्वामी विवेकानंदजी ने विश्व में भारतीय संस्कृति का प्रतिपादन किया। लगभग चार वर्ष विभिन्न देशों में घूम कर योग का प्रचार किया, बहुत से योग केंद्र खोले। उसके बाद इन 100 वर्षों में कई संस्थाएँ व स्वामी विभिन्न देशों में जाकर योग का प्रचार

करते रहे। श्री श्री रविशंकर 'आर्ट ऑफ लिविंग' नाम से कई देशों में योग सिखा रहे हैं। स्वामी रामदेवजी ने भारत के घर-घर में आस्था चैनल के माध्यम से योग को पहुँचाया। योग को जन-जन तक पहुँचाकर उसे एक जन आंदोलन (Mass movment) बनाया। स्वामी रामदेव ने कई देशों में जाकर योग शिविर लगाए। पूरे विश्व में इन 100 वर्षों में योग पर प्रचार-प्रसार से एक अनुकूल पृष्ठ भूमि बनी थी। एक सदी के उन सभी प्रयासों पर अंतिम मोहर लगाने का काम भारत के प्रधानमंत्री श्री नरेंद्र मोदीजी ने किया। राष्ट्रसंघ को संबोधित करते हुए उन्होंने विश्व समुदाय से यह आह्वान किया कि पूरा विश्व योग दिवस मनाने का निर्णय करे। संयुक्त राष्ट्र संघ के 190 देशों में से 177 देशों ने इसका समर्थन ही नहीं किया, अपितु सह-प्रस्तावक भी बन गए। संयुक्त राष्ट्र संघ में सर्व-सम्मति से 21 जून को 'अंतरराष्ट्रीय योग दिवस' मनाने का ऐतिहासिक निर्णय हुआ।

इस ऐतिहासिक उपलब्धि का श्रेय स्वामी विवेकानंद से लेकर स्वामी रामदेवजी तक सभी महापुरुषों को जाता है परंतु इन सारे प्रयत्नों को अंतरराष्ट्रीय मान्यता दिलवाने का काम प्रधानमंत्री श्री नरेंद्र मोदीजी ने किया।

मनुष्य केवल शरीर नहीं, मन भी है और आत्मा भी है। मनुष्य सबसे बड़ी गलती तब करता है, जब वह स्वयं को केवल शरीर समझ लेता है, उसी से वह भौतिकवाद पनपता है, जिसके कारण स्वार्थ, भ्रष्टाचार, छल-कपट, ईर्ष्या-द्वेष, धन का पागलपन पैदा होता है। योग—शरीर, मन और आत्मा की सही पहचान कराने की एक आध्यात्मिक कला है। योग, प्राणायाम और ध्यान से यह अनुभूति प्राप्त होती है कि मैं केवल हाड़-मांस का यह शरीर नहीं, यह तो नशवर है परंतु मैं वह आत्मा हूँ, उस परमपिता परमेश्वर का अंश हूँ, जो न कभी जन्म लेता है, न कभी मरता है। यह अनुभूति मनुष्य को उस परम सत्ता से जोड़ती है और हम मनुष्य मात्र को अपना समझने लगते हैं। फिर शरीर के लिए, अपने स्वार्थ के लिए एक-दूसरे का गला काटने की स्पर्धा कम होने लगती है। सद्भाव बढ़ता है। स्वार्थ का पागलपन समाप्त होता है। इस दृष्टि से मानव जाति को सुख और शांति का संदेश देना योग का परम लक्ष्य है।

प्रत्येक धर्म में यही कहा गया है कि 'स्वयं को जानो'। महात्मा बुद्ध ने

कहा था—'अप्प दीपो भव,' अपना दीपक स्वयं बनो। जीवन में कुछ क्षण एकांत में बैठकर ध्यान द्वारा अपने अंदर झाँकने की कोशिश, ध्यान का मुख्य लक्ष्य है। स्वामी विवेकानंद ने कहा था, "कभी-कभी एकांत में अपने आप से भी मिला करो, नहीं तो तुम दुनिया के सर्वश्रेष्ठ व्यक्ति से मिलने से वंचित रह जाओगे।" हम दिन भर बाहरी दुनिया को, दूसरों को देखते रहते हैं। उससे मन भ्रमित होता है। दुनिया भर की समस्याएँ मन को बोझल बनाती हैं। तनाव होता है और तनाव से ही मन और शरीर की बहुत सी बीमारियाँ पैदा होती हैं। यदि दिन में कुछ क्षण बाहर से हटकर अपने अंदर झाँकने की कोशिश करें, उसे जानने की कोशिश करें, जो हम हैं और उससे मिलें, जो उस परम-सत्ता का अंश है, तो कुछ क्षण का यह ध्यान हमारे पूरे दिन के तनाव को समाप्त कर सकता है।

हम जीवन भर शरीर के साथ रहते हैं पर उससे सच्चा परिचय नहीं होता। एक कवि ने कहा है—

रूह का जिस्म से रिश्ता अजब रिश्ता है
जिंदगी भर साथ रहे पर तुआरफ न हुआ

स्वामी विवेकानंद बीमार हुए। शिष्य चिंतित हो उठे। एक शिष्या ने पत्र लिखा, "यदि आपको कुछ हो गया तो हमारा क्या होगा?" स्वामीजी ने उत्तर दिया कि उन्हें न कभी कुछ हुआ, न होगा। जो होगा, वह इस शरीर को होगा। भावुकता में एक कविता लिख दी। कविवर निराला ने उस अंग्रेजी कविता का बड़ा सुंदर हिंदी अनुवाद किया है—

बहुत पहले, बहुत पहले
जबकि रवि, शशि और उड़गन भी नहीं थे
इस धरा का भी न था अस्तित्व कोई
और जब यह समय भी उपजा नहीं था
मैं सदा था आज भी हूँ और आगे भी रहूँगा।

स्वामीजी का भाव था कि जब प्रलय के बाद कुछ भी न था, वे अर्थात् आत्मा तब भी थी, आज भी है और सदा रहेगी। मरता केवल शरीर है, आत्मा अमर है।

स्वामी रामदेवजी ने यह भी सिद्ध कर दिया है कि प्राणायाम से शरीर की बहुत सी बीमारियों का उपचार होता है। जिस मोटापे से आज बहुत से लोग परेशान हैं, उसका सरल उपचार स्वामी रामदेवजी ने प्राणायाम बताया ही नहीं है, सिद्ध भी किया है। स्वामी रामदेवजी के एक शिविर में एक बहुत विद्वान् डॉक्टर ने कहा था—प्राणायाम बहुत सीधा विज्ञान है। हमारे शरीर में करोड़ों जीवाणु हैं। सब सक्रिय नहीं रहते। फेफड़ों में तो लगभग आधे जीवाणु आयु के साथ निष्क्रिय हो जाते हैं। जब गहरी साँस लेकर हम ऑक्सीजन को बार-बार अंदर लेते हैं और अंदर की विषैली हवा बाहर छोड़ते हैं तो इस गहरी साँस लेने की प्रक्रिया से शरीर के भीतर के निष्क्रिय जीवाणु सक्रिय होते हैं और सब प्रकार का स्वास्थ्य लाभ मिलता है।

संयुक्त राष्ट्र संघ के विश्व स्वास्थ्य संगठन की एक रिपोर्ट में कहा गया था कि विश्व में जितने लोग बीमारी से मरते हैं, उतने ही अंग्रेजी दवाइयों के अधिक व गलत उपयोग से मरते हैं। यदि योग व प्राकृतिक चिकित्सा को शिक्षा का हिस्सा बनाया जाए तो दवाई का उपयोग बहुत कम हो जाएगा। इस दृष्टि से योग मानव के लिए एक वरदान सिद्ध हो सकता है।

□

44 साल पहले की वह अँधेरी रात

1975 में भारत के लोकतंत्र पर एक दुर्भाग्य ग्रहण आपातकाल के रूप में लगा था। 44 वर्ष बीत गए। आधी सदी से केवल 10 वर्ष कम। उस समय की पीढ़ी के कुछ लोग धीरे-धीरे चले गए, बाकी जा रहे हैं। कुछ वर्षों के बाद वह पीढ़ी बीते युग की कहानी बन जाएगी पर उस युग की भयंकर कालिमा कभी धुलेगी नहीं। वेदना की टीस कभी मिटेगी नहीं। भले ही उस दिन को रावण दहन की तरह न मनाया जाए परंतु वह दिन हमेशा-हमेशा याद किया जाएगा। याद करना भी चाहिए। यद्यपि ऐसी व्यवस्थाएँ की गई हैं कि इस प्रकार की स्थिति कभी भी पैदा न हो परंतु आजादी और लोकतंत्र का मूल्य हमेशा जागते रहकर ही चुकाया जा सकता है।

भारतीय राजनीति में 1947 से लेकर 1967 तक का समय एक पार्टी और एक परिवार का युग रहा। यदि एक ही पार्टी रहती तो उसमें नेतृत्व बदलने के साथ, जनता किसी बदलाव का एहसास कर सकती थी परंतु पार्टी भी एक रही और परिवार भी एक रहा, इसलिए भारत का मतदाता एक विकल्प की खोज करने लगा।

पहली बार 1967 में 9 प्रदेशों में कांग्रेस विरोध के कारण संविद सरकारें बनीं। विपक्षी दलों का वह समूह किसी सिद्धांत या विचारधारा पर नहीं बना था। केवल कांग्रेस विरोध ही कोई विचारधारा नहीं हो सकती थी। कहीं-कहीं अच्छे प्रशासन का अनुभव तो हुआ परंतु कुल मिलाकर संविद सरकारों का प्रयोग सफल नहीं रहा। भारतीय जन मानस विकल्प की खोज करता रहा।

केंद्र में लगातार एक ही पार्टी और एक ही परिवार के शासन के कारण कुछ प्रदेशों में भ्रष्टाचार बढ़ता गया। शासन व्यवस्था चरमराने लगी। युवा वर्ग में आक्रोश बढ़ता गया। गुजरात और बिहार में छात्र आंदोलन शुरू हुए। धीरे-धीरे छात्रों के साथ अन्य युवा संगठन और राजनीतिक दल भी मिलने लगे। स्वतंत्रता आंदोलन के तेजस्वी नेता श्री जयप्रकाश नारायण ने आंदोलन का नेतृत्व सँभाला। धीरे-धीरे बाकी विपक्ष इकट्ठा होने लगा। गुजरात के चुनाव में कांग्रेस हार गई। पूरे देश में आंदोलन और प्रखर होने लगा। ठीक उसी समय श्री राज नारायण की चुनाव याचिका का परिणाम इलाहाबाद उच्च न्यायालय से आया। श्रीमती इंदिरा गांधी को भ्रष्ट तरीके से चुनाव जीतने का दोषी ठहराया गया। पूरे देश की राजनीति में एक अभूतपूर्व हलचल हुईं, कांग्रेस में एक तूफान आ गया। उस समय केवल अपनी कुरसी को बचाने के लिए इमरजेंसी लगाने का अत्यंत निंदनीय निर्णय लिया गया। पूरे देश में हजारों नेताओं को जेलों में डाल दिया गया। अखबारों पर सैंसर लग गया। देखते-देखते भारत का लोकतंत्र एक तानाशाही में बदलने लग गया। उस समय के कांग्रेस के एक प्रमुख नेता ने यहाँ तक कह दिया, "इंदिरा भारत है, भारत इंदिरा है।"

भावी पीढ़ी को शायद यह भरोसा करना कठिन हो जाएगा कि भारत के लोकतंत्र में कभी ऐसा भी हुआ था। उस नारे का एक ही अर्थ था। इंदिरा का विरोध, भारत का विरोध है। सभी प्रकार के जन अधिकार समाप्त कर दिए गए। किसी को भी, कभी भी, कहीं भी पकड़कर जेल में डाला जाने लगा। श्री जयप्रकाश नारायणजी से लेकर श्री अटल बिहारी वाजपेयी और सभी प्रमुख विपक्षी नेता तथा साधारण कार्यकर्ताओं को जेलों की सलाखों में बंद कर दिया गया।

भारत को आजाद कराने में 100 वर्ष का संघर्ष हुआ था और लाखों लोगों ने कुरबानियाँ दी थीं और फाँसी के फंदों को चूमा था। इतना बड़ा मूल्य चुकाकर, जो लोकतंत्र और संवैधानिक अधिकार प्राप्त किए थे, वे सब एक ही रात में समाप्त कर दिए गए, यहाँ तक कि भारतीय संविधान का

मूलभूत अधिकार—जीने का अधिकार भी स्थगित कर दिया गया। न्यायालय के सामने कुछ बंदियों की तरफ से यह कहा गया कि जीने का अधिकार उनका संविधान में दिया गया बुनियादी अधिकार है। उन्हें बिना किसी अपराध के जेल में बंद नहीं किया जा सकता। इस पर अदालतों ने निर्णय दिया कि इमरजेंसी के आदेश में जीने का अधिकार भी स्थागित कर दिया गया है।

उस तानाशाही के सामने सभी कुछ नत-मस्तक होता हुआ दिखाई दिया। कुछ समाचार-पत्रों को छोड़कर बाकी पूरा मीडिया सत्ता के साभने नाक रगड़ता हुआ दिखाई दिया, यहाँ तक कि कुछ न्यायाधीशों को छोड़कर बाकी सभी सत्ता के आगे झुकते हुए दिखे। उस समय पूरे देश में कितने प्रकार के, कितने जुल्म हुए, यह सारी कहानी अत्यंत शर्मनाक है और इससे भी अधिक शर्मनाक यह है कि उस समय वह सब कुछ करने वालों ने आज तक देश से क्षमा नहीं माँगी है।

मेरे लिए जेल जीवन कोई नया नहीं था। 1953 में कश्मीर आंदोलन में भी 19 वर्ष की आयु में 8 महीने जेल रहकर आया था परंतु तब मैंने स्वयं सत्याग्रह किया, कानून तोड़ा और जेल गया था।

1975 में 24 जून को पालमपुर से विधानसभा समिति की एक बैठक में उपस्थित होने के लिए शिमला गया था। मेरी धर्मपत्नी एक अध्यापिका थीं। कुछ दिन बाद बच्चों के साथ भारत भ्रमण का कार्यक्रम बनाया था। जाते समय मेरी धर्मपत्नी ने पूछा, "आप कब वापस लौटेंगे?" मैंने उन्हें उत्तर दिया, 'परसों तक वापस आ जाऊँगा।' उन दिनों देश का वातावरण राजनीतिक उथल-पुथल से गरम हो रहा था। ऐसा लगता था कि कुछ विशेष होने वाला है परंतु एक ही रात में इतना कुछ हो जाएगा, यह किसी ने भी सोचा नहीं था। 25 जून की रात को भनक लगी कि पुलिस मेरा पता कर रही है। सोचा, रात को न पकड़ा जाऊँ। मेरे साथ कांग्रेस के विधायक श्री ओंकार चंदजी रहते थे। मेरे मित्र थे, मैंने अपना कमरा बंद किया, ताला लगाकर चाबी उन्हें दे दी। उन्होंने पुलिस से कह दिया कि मैं कहीं चला गया हूँ। रात को यह समाचार मिल गया कि देश में गिरफ्तारियाँ हो रही हैं। मैं 26 जून सुबह उठकर

तैयार होने लगा। मालूम था, सीधे जेल जाना होगा। दाढ़ी बनाने के लिए साबुन लगा ही रहा था कि एक पुलिस अधिकारी आ गए। मैंने कहा कि तैयार हो रहा हूँ, साथ चलूँगा। मेरे पूर्व परिचित श्री अमी चंदजी ने हाथ जोड़कर कहा कि रात से वे मुझे ढूँढ़ रहे हैं। पुलिस अधिकारी डाँट रहे हैं। तुरंत चलिए। मैंने तौलिए से लगा हुआ साबुन साफ किया और साथ चल पड़ा। बाद में मैंने निर्णय किया कि दाढ़ी नहीं बनाऊँगा, अपनी पत्नी से कहा हुआ परसों, 19 महीने के बाद आया।

मेरे लिए नाहन जेल में 19 मास का जीवन जेल जीवन नहीं था। कुछ ही दिन के बाद मैंने गीता के संदेश को याद किया और कहा—हे प्रभु यदि तेरी इच्छा यही है कि कुछ समय जेल में रहना है तो प्रसन्नता से तेरी इच्छा को स्वीकार करता हूँ।

इस एक विचार से 19 महीने का जेल जीवन मेरे लिए अपने जीवन का एक स्वर्णिम समय बन गया। जेल एक आश्रम बन गई। खूब योग-प्राणायाम किया। स्वास्थ्य बनाया। ढेरों पुस्तकें पढ़ीं। पाँच पुस्तकें लिखीं। उससे पहले कुछ कहानियाँ लिखी थीं पर उपन्यास लिखने का मैंने कभी सोचा भी नहीं था। जब यह लगा कि पता नहीं कितना समय यहाँ रहना पड़ेगा तो उपन्यास लिखने का विचार किया। मेरे कुल 5 उपन्यास छपे हैं, जिनमें से 3 नाहन जेल में रहकर लिखे हुए हैं। जेल में रहकर कुल 5 पुस्तकें लिखीं। घर की याद आती थी, रुलाती थी पर अधिक समय मैं उस विषाद में नहीं रहता था। स्वामी विवेकानंद का पूरा साहित्य पढ़ा और सबसे अधिक प्रभावित उनके 'दरिद्र नारायण' विचार से हुआ। उन्होंने कहा था—भारत के प्रत्येक गरीब को दरिद्र नारायण समझो और गरीब की सेवा ही भगवान की सबसे बड़ी पूजा है। गांधीजी का अंत्योदय मंत्र वहाँ पर पढ़ा। 1977 में मैं हिमाचल प्रदेश का मुख्यमंत्री बना। सबसे पहले अंत्योदय योजना शुरू की और विकास की सारी योजनाओं को शीर्षासन करवाकर नीचे के गरीब से शुरू करवाया। फिर दिल्ली में मंत्री बना तो करोड़ों गरीबों के लिए अंत्योदय अन्न योजना शुरू की।

आपातकाल के समय भयंकर आतंक था। पूरा देश सहमा-सहमा था। प्रशासन, मीडिया और सब सत्ता के आगे सिर झुकाकर चल रहे थे। इसके बाद भी कुछ समाचार-पत्र, जिनमें पंजाब केसरी, इंडियन एक्सप्रेस मुख्य थे, लड़ते रहे। उस आतंक के विरुद्ध संघर्ष करते रहे। कुछ न्यायाधीशों ने भी ऐतिहासिक निर्णय दिए। पूरे देश में आपातकाल समाप्त करने के लिए संघर्ष चलता रहा। श्री जॉर्ज फर्नांडिज ने तो सशस्त्र संघर्ष के लिए भी तैयारियाँ शुरू कर दी थीं। कुछ प्रदेशों की जेलों में भयंकर यातनाएँ दी गईं, कुछ कैदियों की मृत्यु हुई। हिमाचल प्रदेश की नाहन जेल में हमें कोई विशेष यातना का अनुभव नहीं करना पड़ा।

19 महीने की उस भयंकर तानाशाही के विरुद्ध वह संघर्ष वास्तव में आजादी की दूसरी लड़ाई थी। उसमें संघर्ष करने वालों को याद भी करना चाहिए, नमन भी करना चाहिए।

कई बार लगता था कि आपातकाल वर्षों तक चलेगा। कांग्रेस के नेता घोषणा करते थे कि जेलों के दरवाजे कभी नहीं खुलेंगे। कुछ लोग किसी कमजोरी के कारण कुछ लिखकर देते थे और सरकार उन्हें छोड़ देती थी। ऐसी छुट-पुट घटनाओं का बहुत अधिक प्रचार किया जाता था, ताकि जेल में बंद कैदियों का मनोबल टूट जाए परंतु ऐसा नहीं हुआ। सबसे अधिक परेशानी इसी बात की होती थी कि हमें हमारा अपराध नहीं बताया गया। यह भी पता नहीं कि हम जेल में कितने दिन रहेंगे। उन दिनों हम ऊँचे स्वर में ये पंक्तियाँ गाया करते थे—

गुनाहगारों में शामिल हूँ, गुनाहों से नहीं वाकिफ
सजा तो जानता हूँ, मैं खुदा जाने खता क्या है।

जेल में सभी कैदी एक-दूसरे से पूछते हैं किसने क्या अपराध किया है और कितने दिन की सजा हुई है। हमारी बात पर सबको हैरानी होती थी। हमें कुछ भी पता नहीं था और यह भी पता नहीं था कि हमें क्यों सब पता नहीं है।

लंबी जेल यात्रा के बाद भी जेलों में बंद हम सब का मनोबल बहुत ऊँचा रहा। कुछ के घरों की समस्याएँ विकट हो जाती थीं। घर के समाचार

से बहुत परेशानी होती थी। कुछ मित्र सलाह लिख भेजते थे, कुछ लिखकर दो, छूट जाओ नहीं तो सारी उम्र जेल में रहोगे। चिंता के क्षण तो आते थे। घर-परिवार और बच्चों की याद से आँखों में कभी-कभी आँसू भी आते थे परंतु हम सब का मनोबल हमेशा बना रहा। उन दिनों हम बार-बार ये पंक्तियाँ गाया करते थे। आज 40 साल के बाद भी कवि की उन पंक्तियों की गूँज मुझे कानों में वैसी ही सुनाई दे रही है—

तुम्हारे जुल्म का भूले से शिकवा हम नहीं करते
कि ये खुद बोल पड़ते हैं यह चर्चा हम नहीं करते
तेरी जन्नत खरीदेंगे न हम जिनसे खुदी देकर
कि यह जिल्लत का सौदा है, यह सौदा हम नहीं करते।

□

कैसा आर्थिक विकास, जहाँ अमीरी चमकती रही, गरीबी सिसकती रही

भारत को आजाद हुए 68 वर्ष हो गए। इस लंबे समय में गरीबी हटाने व समाजवाद लाने के कितने वायदे-नारे गूँजते रहे। पंचवर्षीय योजनाएँ आईं और चली गईं, गरीबी व भुखमरी में सिसकता गरीब इंतजार की घड़ियाँ गिनता रहा। अभी भारत सरकार की सामाजिक-आर्थिक जनगणना की रिपोर्ट आई है, उस रिपोर्ट को पढ़कर किसी भी देशभक्त का सिर शर्म से झुक जाएगा। इस सर्वे के अनुसार ग्रामीण भारत में 36 प्रतिशत लोग अनपढ़ हैं, लगभग 60 करोड़ लोग केवल एक हजार रुपए महीने पर अपना गुजारा करते हैं। लगभग 30 प्रतिशत परिवार एक कमरे के घरों में रहते हैं। 2 करोड़ 2 लाख परिवार घास-फूस, बाँस या प्लास्टिक की झोंपड़ियों में रहते हैं। केवल 9.5 प्रतिशत ने मैट्रिक किया है और केवल 3.45 प्रतिशत स्नातक हैं।

इस प्रकार के आँकड़े पहले भी कई बार आ चुके हैं। दुनिया में सबसे अधिक भूखे लोग भारत में रहते हैं। श्री सी. रंगाराजन कमेटी की रिपोर्ट के मुताबिक भारत में 30 करोड़ लोग अति गरीबी की स्थिति में जीवन जी रहे हैं। लाखों किसान आत्महत्या कर चुके हैं। कुपोषण से मरने वाले बच्चों की संख्या सबसे अधिक भारत में है।

कभी गंगा को स्वर्ग से उतारा गया था पर वह शिव की जटाओं में फँस गई थी, तब भगीरथ के तप से इसे धरती पर उतारा गया था। आजादी आई पर अमीरों की आलीशान अट्टालिकाओं व नेताओं के वायदों में फँस गई। अब

अंत्योदय का तप करके उसे गरीबों की झोंपड़ी तक लाना होगा पर यह तप कौन करेगा, कब करेगा ?

भारत के आर्थिक चिंतन में दो धाराएँ रही हैं। कुछ नेताओं का यह विश्वास था कि पूरे देश का आर्थिक विकास होगा, वृद्धि दर बढ़ेगी तो गरीबी अपने आप दूर हो जाएगी परंतु कुछ व्यावहारिक नेता यह विश्वास करते थे कि सबका विकास करने में ऊपर वाले का विकास अधिक होता है, नीचे वाला पिछड़ जाता है। इसलिए सबसे गरीब की अलग से चिंता करने की आवश्यकता है। बहुत पहले इसी विचार को स्वामी विवेकानंदजी ने दरिद्र नारायण के रूप में और महात्मा गांधीजी ने अंत्योदय के रूप में प्रकट किया था।

इस आर्थिक जनगणना ने यह सिद्ध कर दिया कि केवल आर्थिक विकास देश की गरीबी को दूर नहीं कर सकता। भारत में आर्थिक विकास बहुत हुआ। वृद्धि दर 9 प्रतिशत तक बढ़ी। दुनिया के करोड़पतियों में भारत के करोड़पतियों की संख्या बढ़ गई। भारत की आर्थिक प्रगति विश्व के बहुत से देशों से बहुत आगे है। भारत चीन को भी पीछे छोड़ देगा परंतु सच्चाई यह है कि जितना अधिक आर्थिक विकास होता गया, उतनी अधिक गरीबी भी बढ़ती गई। भारत का सामाजिक परंपरागत ढाँचा ऐसा है कि सभी सुविधाओं का सबसे अधिक उपयोग ऊपर के प्रभावशाली लोग उठाते रहे हैं। नीचे के गरीब व्यक्तियों को इन सुविधाओं का लाभ या तो बिल्कुल नहीं हुआ या बहुत कम पहुँचा। आर्थिक विकास से ऊपर के लोग 10 कदम ऊपर गए तो नीचे का व्यक्ति कठिनाई से 2 कदम ऊपर गया। इस प्रकार विकास की हर सीढ़ी से अमीर और गरीब का 8 अंक का अंतर और बढ़ गया। 125 करोड़ के देश में 60 करोड़ लोग अति गरीबी की हालत में आजादी के 68 वर्षों के बाद भी रह रहे हैं। इससे अधिक चिंता की बात और क्या हो सकती है। देश में विकास हुआ, ऐश्वर्य बढ़ा परंतु सामाजिक न्याय नहीं हुआ। अमीरी चमकती रही और गरीबी सिसकती रही। नीतियाँ इस प्रकार की होनी चाहिए कि केवल सबका विकास ही नहीं, अपितु सबसे नीचे वाले गरीब का विकास सबसे अधिक

और सबसे पहले होना चाहिए था।

पूरा देश स्वामी विवेकानंद की जयंती मनाता है, स्मारक बनाता है। महात्मा गांधीजी के नाम पर देश में कितना कुछ होता रहा है। आज इस आर्थिक सर्वे की रिपोर्ट पढ़कर, ये दोनों महापुरुष स्वर्ग में बैठे आँसू बहा रहे होंगे। इन दोनों का मूलमंत्र भारत भूल गया। स्वामी विवेकानंद ने तो यहाँ तक कह दिया था कि देवी-देवताओं को भूल जाओ। गाँव के गरीब को देवता मानो। उसकी सेवा को भगवान की पूजा समझो। इतना ही नहीं, देश की गरीबी से क्षुब्ध होकर उस संन्यासी ने कठोर भाषा में यहाँ तक कह दिया था कि जो लोग देश के साधनों का उपयोग करके अपने पैरों पर खड़े हो जाते हैं परंतु गरीब के लिए न कुछ सोचते हैं और न कुछ करते हैं, वे देशद्रोही हैं। महात्मा गांधीजी ने इसी बात को अंत्योदय के मंत्र के रूप में कहा था। उन्होंने कहा था कि पंक्ति में सबसे पीछे रहे व्यक्ति का विकास सबसे पहले और सबसे अधिक किया जाना चाहिए। यदि इन दो महापुरुषों की बात पर अमल किया होता तो आज भारत भूखा व गरीब भारत न होता, खुशहाल भारत होता। चिंता का विषय यह है कि आज भी हम उन महापुरुषों की जयंतियाँ मना रहे हैं, उनके कथन पर अमल नहीं कर रहे।

बढ़ती हुई आर्थिक विषमता करोड़ों गरीबों में गम, गुस्सा और तनाव पैदा कर रही है। इसी कारण अपराध बढ़ रहा है। नक्सलवाद के रूप में कुछ लाचार गरीबों ने हाथ में बंदूक पकड़ ली है। आखिर करोड़ों गरीब कब तक इंतजार करेंगे। झोंपड़ी में सिसकते गरीब आलीशान बनते महलों को कब तक देखते रहेंगे।

1977 में बहुत बड़ा परिवर्तन हुआ। यह परिवर्तन सत्ता का ही नहीं था, आर्थिक सोच का भी था। बहुत से प्रदेशों में अंत्योदय कार्यक्रम शुरू हुए। मैं प्रारंभ से अंत्योदय के लिए समर्पित रहा हूँ। हिमाचल में एक लाख सबसे अधिक गरीब लोगों को चुनकर सारी कल्याणकारी योजनाओं का लाभ सबसे पहले उन्हें देकर उन्हें गरीबी की रेखा से ऊपर उठाया था। केंद्रीय मंत्री बना तो करोड़ों अति गरीबों को चुनकर उनके लिए अंत्योदय अन्न योजना शुरू की।

2014 में भी बहुत बड़ा सत्ता परिवर्तन हुआ है। सबका विकास करने का प्रयत्न किया जा रहा है परंतु यदि अंत्योदय के आधार पर विशेष योजनाएँ नहीं बनेंगी तो देश की अति गरीबी और भुखमरी दूर नहीं होगी। केंद्र सरकार बनने के बाद सांसदों के साथ माननीय प्रधानमंत्री श्री नरेंद्र मोदीजी ने विचार-विमर्श किया था। मैंने उनके सामने बड़े जोर से यह बात रखी थी। इस आर्थिक सर्वे की रिपोर्ट के बाद उस दिशा में और अधिक सोचने व करने की आवश्यकता है।

भारत में कुछ अति गरीब भुखमरी की हालत में रह रहे हैं। मजबूरी में आत्महत्या तक करते हैं। बच्चों को बेचने तक की नौबत आती है। इनकी अलग पहचान की जानी चाहिए। इनके विकास के लिए अलग से योजना बनानी चाहिए और 5 वर्ष का लक्ष्य तय करके इन्हें भुखमरी और अति गरीबी से ऊपर लाया जाना चाहिए।

समाज का दूसरा वर्ग गरीबों का है, जिन्हें जीवन की बुनियादी सुविधा नहीं मिलती। इस वर्ग की भी अलग से पहचान की जानी चाहिए और विशेष सहायता का कार्यक्रम बनाया जाना चाहिए।

अति गरीबी और गरीबी को दूर करने के लिए केंद्र सरकार को एक अलग अंत्योदय मंत्रालय बनाना चाहिए। सारी कल्याणकारी योजनाएँ सबसे पहले इनको लाभ पहुँचाएँ। भारत सरकार के बजट में गरीबी उन्मूलन व कल्याणकारी योजनाओं के लिए कई लाख करोड़ रुपए खर्च किए जाते हैं। उन योजनाओं पर सबसे पहला अधिकार इन अति गरीब लोगों का है। इस प्रकार पाँच वर्ष में भुखमरी व अति गरीबी दूर की जा सकती है।

समाज में पूरी आर्थिक समानता तो संभव नहीं है, अमीरी व गरीबी तुलनात्मक हैं। ये रहेंगी पर अति गरीबी व भुखमरी की स्थिति बदली जा सकती है। सबके विकास की नीति से यह बिल्कुल नहीं होगा। परिवार में यदि एक बच्चा अधिक कमजोर हो तो माँ उसका अन्य बच्चों से अधिक ध्यान रखती है। यही केंद्र सरकार को करना पड़ेगा।

□

नहीं होने दिया था हिमाचल में व्यापम

स्वतंत्रता प्राप्ति के बाद कुछ बुनियादी समस्याओं पर बिल्कुल विचार भी नहीं किया गया। वे धीरे-धीरे बढ़ते-बढ़ते पहाड़ बन गईं। 1947 में भारत की आबादी केवल 35 करोड़ थी। आज भारत 125 करोड़ का देश बन गया। आबादी में बहुत जल्दी चीन को पीछे छोड़ देंगे। इमरजेंसी के समय श्री संजय गांधी ने इस दिशा में कुछ करने की कोशिश की परंतु एक अच्छा काम, गलत तरीके से गलत समय पर किया गया और अब हालत यह है कि आबादी रोकने का कोई नाम तक नहीं लेता। शिक्षा के अवसर बढ़े। शिक्षित युवाओं की संख्या बढ़ी। सरकारी नौकरी अधिक आकर्षण का कारण बन गई। उसमें जिम्मेवारियाँ कम, आय अधिक और वेतन के अतिरिक्त भी ऊपर की कमाई का एक धंधा बन गया। सरकारी पदों में उस अनुपात में बढ़ोतरी नहीं हुई। धीरे-धीरे प्रतिस्पर्धा बढ़ती गई। पद कम, उम्मीदवार अधिक। बेरोजगारी से युवाओं में निराशा आने लगी। सरकारी नौकरी प्राप्त करने के लिए गला काट प्रतिस्पर्धा पैदा हुई।

बड़ी अच्छी नीयत से शिक्षा में निजीकरण प्रारंभ हुआ परंतु उसका परिणाम सब जगह बहुत अच्छा नहीं रहा। निजी संस्थाओं और विश्वविद्यालयों की होड़ लग गई। छोटे से हिमाचल प्रदेश में 20 से अधिक निजी विश्वविद्यालय और यहाँ तक कि एक जिले में 7 विश्वविद्यालय खुल गए। उस जिले में कॉलेज भी 7 नहीं हैं। सरकार निजी संस्थाओं के स्तर पर कोई नियंत्रण नहीं रख सकी। धीरे-धीरे शिक्षा का स्तर गिरने लगा। आज अधिकतर संस्थाएँ केवल

धन कमाने और डिग्री बेचने वाली दुकानें बनकर रह गई हैं। विश्वविद्यालयों की सड़कों की दीवारों पर और अखबारों में विज्ञापन ऐसे दिखाई देते हैं, जैसे कभी साबुन बेचने वाली कंपनियों के विज्ञापन होते थे। एक निजी विश्वविद्यालय ने कई विद्यार्थियों को उत्तर-पूर्व के किसी विश्वविद्यालय से पी-एच.डी. करवाई परंतु उस विश्वविद्यालय के स्टाफ में एक भी पी-एच. डी. नहीं था।

डॉक्टर बनने के लिए सबसे अधिक मारामारी है। कुछ स्थानों में सीटें बिकती हैं। हिमाचल के एक छात्र ने दक्षिण के एक कॉलेज में एक करोड़ 7 लाख रुपए देकर प्रवेश पाया। लाखों की बात तो आम हैं पर करोड़ सुनकर दंग रह गया। विश्वास नहीं हुआ, पूरा पता किया तो सच निकला। ऐसे लोग डॉक्टर बनकर क्या करेंगे, यह अनुमान लगाया जा सकता है। जिस देश में डिग्रियाँ बिकती हों, सीटें बिकती हों और कुछ नेता भी बिकते हों, वह देश 25 साल क्या, एक हजार साल में भी विश्व गुरु नहीं बन सकता।

सरकारी संस्थाओं में भी शिक्षा का स्तर गिरता जा रहा है। हिमाचल में सरकार का मेडिकल कॉलेज टांडा में है। मेडिकल कौंसिल की टीम जब यहाँ निरीक्षण के लिए आती है तो आस-पास के डॉक्टरों को तब्दील करके कॉलेज में पढ़ाने वाले दिखा दिया जाता है। जब निरीक्षण समाप्त हो जाता है तो वे डॉक्टर अपने-अपने अस्पताल में आ जाते हैं। जब सरकारी कॉलेज का यह हाल है कि वह धोखा देकर मेडिकल कौंसिल से मान्यता प्राप्त करता है तो निजी संस्थाओं की स्थिति इससे भी अधिक चिंताजनक है।

इस सारी स्थिति के कारण सरकारी पदों की भरती में भ्रष्टाचार पनपने लगा। मध्य प्रदेश का व्यापम घोटाला सबकी नजरों में आ गया परंतु सच्चाई यह है कि इस प्रकार के घोटाले हर प्रदेश के हर विभाग में होते रहे हैं। ये घोटाले वे हैं, जो पकड़े गए। यह सब घोटालों का एक प्रतिशत भी नहीं है।

हरियाणा में अध्यापकों की भरती में घोटाला पकड़ा गया। पूर्व मुख्यमंत्री श्री ओम प्रकाश चौटाला 10 वर्ष की सजा काट रहे हैं। और भी कई स्थानों पर कई घोटाले हुए। मध्य प्रदेश के व्यापम घोटाले ने एक विकराल रूप धारण

किया। उसकी कहानी ज्यों-ज्यों सामने आ रही है, पूरे देश में एक दुर्भाग्यपूर्ण स्थिति व चिंता पैदा हो रही है। इस प्रकार धोखा करके अयोग्य लोग ऊँचे पदों पर बैठते गए। सब प्रकार की सेवा का स्तर गिरता गया। अध्यापक, डॉक्टर, इंजीनियर व अन्य अयोग्य लोग धोखे से योग्य पर साधनहीन उम्मीदवारों का गला काटकर इन पदों पर आसीन हो गए।

आज से 38 साल पहले 1977 में मैं हिमाचल प्रदेश का मुख्यमंत्री बना था। एक विभाग में 500 नियुक्तियाँ की जा रही थीं। इस विभाग के मंत्री मेरे विश्वसनीय मित्र और हमारे प्रमुख नेता थे। मैं शिमला जिला के एक स्थान पर कार्यक्रम में गया था। वहाँ मुझसे मिलने के लिए बहुत से लोग खड़े थे। मैंने देखा, मैले कपड़ों में एक लड़की उस भीड़ से रास्ता बनाकर मुझसे मिलना चाह रही है, पुलिस उसे रोक रही है। मैंने उसे अपने पास लाने को कहा। वह आते ही फूट-फूटकर रोने लगी। मैंने प्यार से उसे अपनी बात कहने को कहा, वह बोली, "मैं इस गाँव की एक गरीब हरिजन परिवार की लड़की हूँ। मैंने बिजली विभाग में टेस्ट दिया था। मैं प्रथम श्रेणी में पास हूँ लेकिन मैं उस टेस्ट को पास नहीं कर सकी परंतु पड़ोस के गाँव का एक तृतीय श्रेणी में पास एक नेता का लड़का पास हो गया है। ऐसे और भी कई पास हो गए।" मैंने उसका नाम-पता लिखा। शिमला पहुँचा। सारा रिकॉर्ड मँगवाया। अपने प्रमुख अधिकारी को जाँच पर लगाया। मेरी हैरानी की सीमा नहीं रही, जब यह पता लगा कि 500 में से लगभग 200 के परिणामों को बदल दिया गया। नंबरों को काटा गया, नीचे वाले को ऊपर और ऊपर वाले को नीचे कर दिया गया था।

मैं गहरी सोच में पड़ गया। मैं केवल एक वोट से मुख्यमंत्री बना था। जनता पार्टी के 54 विधायकों में जनसंघ के केवल 16 थे। सब ने कहा चुप रहो, आँखें बंद कर लो। यदि कुछ किया तो कुरसी जाएगी। मैंने फाइल उठाई, दिल्ली श्री अटलजी के पास पहुँचकर पूरी बात रखी। मंत्री का नाम सुन वे भी एक बार चिंता में पड़ गए। फिर मेरी ओर देखकर पूछा, "क्या करना चाहते हो?" मैंने कहा, "कितना भी मूल्य चुकाना पड़े, इन्हें रद्द करूँगा।" श्री अटलजी का आशीर्वाद लेकर शिमला आया। सारी परीक्षा रद्द कर दी।

उसी दिन से हिमाचल जनता पार्टी में भयंकर संकट आया। कुछ मित्र शत्रु बन गए। जिनके बच्चे पास हो गए थे, वे नाराज हो गए पर पूरे प्रदेश में मेरे इस साहस के कदम की प्रशंसा भी बहुत हुई। मुझे दो बार विश्वास मत लेना पड़ा। बड़ी कठिनाई सही पर आज मैं गर्व से कह सकता हूँ कि तब मैंने हिमाचल में व्यापम नहीं होने दिया था।

एक लोकतंत्र में कानून की सरकार में सभी को न्याय मिलना चाहिए। लोकतंत्र की कसौटी यही है कि गाँव का सबसे गरीब व्यक्ति भी सरकार को अपना समझे। दुर्भाग्य से आज यह स्थिति नहीं है। ललित मोदी जैसे अरबपति और प्रभावशाली कुछ भी कर सकते हैं और किसी से भी लाभ उठा सकते हैं। इस प्रकार के लोग कानून की पकड़ में भी पूरी तरह नहीं आते। उधार में दबे लगभग 3 लाख गरीब किसान आज तक आत्महत्या कर चुके हैं पर कुछ बड़े उद्योगपतियों ने सरकारी बैंकों का लगभग 2 लाख करोड़ उधार चुकाया नहीं, उन्हें बुखार तक भी नहीं आया। उस 2 लाख करोड़ को नया शब्द (NPA) देकर सरकार भी चुप बैठी है।

एक तरफ तो बेरोजगारी और महँगाई के कारण लोग दुःखी होते हैं। कहीं नौकरी के लिए प्रयत्न करते हैं तो कई बार साक्षात्कार देने के बाद भी उन्हें नौकरी नहीं मिलती। यदि सब ओर धारणा यह हो कि जो योग्य लोग थे, उनको ही नौकरी दी गई है तो नौकरी न पाने वाले लोगों को एक संतोष हो सकता है कि वे योग्यता में कम हैं, इसलिए उन्हें नियुक्ति नहीं मिली। आज ऐसा नहीं हो रहा। बेरोजगार युवकों में एक तो बेरोजगारी के कारण निराशा हो रही है, दूसरे उन्हें यह विश्वास होता है कि सिफारिश और धन के कारण उनसे अयोग्य लोग नौकरी प्राप्त कर रहे हैं। इस प्रकार की स्थिति से धीरे-धीरे निराशा की आँच एक आक्रोश की आग का रूप ले सकती है।

हिमाचल के सबसे गरीब चंबा जिले का एक परिचित वृद्ध मेरे पास आया, बोला कि उसके बेटे ने बी.ए. पास किया है। गलती से उसने उसकी शादी कर दी, एक बच्चा हो गया है। कई वर्ष हो गए, उसे कोई काम नहीं मिला। उसकी तीन लड़कियाँ हैं। उनको पढ़ाना और उनका विवाह करना है।

कहते-कहते उसकी आँखें डबडबाने लगीं। वह मेरे पास कई बार आया था। मैंने यथा-संभव प्रयत्न भी किया परंतु उसे रोजगार नहीं मिला। निराशा में उठा, हाथ जोड़े और कहने लगा, कुछ तो मेरे लिए करें। जाते-जाते कह गया यदि कुछ नहीं होता तो सरकार को कहें हमें गोली ही मार दे।

गरीबी, भुखमरी और बेरोजगारी की मजबूरी ही सबसे बड़ा कारण है, इस देश में बढ़ते अपराध, नक्सलवाद और माओवाद का।

छोटे-बड़े व्यापम तो सब जगह होते रहे हैं परंतु मध्य प्रदेश के व्यापम ने पूरे देश की आत्मा को हिला दिया है। इसे यूँ ही टाला नहीं जा सकता। भारतीय जनता पार्टी को गंभीरता से आत्म निरीक्षण करना होगा। कुछ कठोर कदम उठाने की हिम्मत दिखानी होगी। पूरे देश की राजनीति के लिए कुछ नई परंपराएँ डालने की आवश्यकता है, भाजपा को इसकी शुरुआत करनी चाहिए। केंद्रीय और राज्य स्तर पर एक उच्च स्तरीय अधिकारप्राप्त आचार समिति का गठन किया जाए। इन समितियों में समर्पित आदर्शवादी परखे हुए नेताओं को ही रखा जाए। ये समितियाँ पार्टी के आंतरिक लोकपाल का काम करें। पार्टी के हर नेता के आचार पर नजर रखें और थोड़ी सी गलती होने पर उचित काररवाई की व्यवस्था की जाए।

□

आरक्षण नीति में बुनियादी बदल की आवश्यकता

गुजरात में हार्दिक पटेल द्वारा किया गया आंदोलन केवल आरक्षण के लिए एक प्रदेश का आंदोलन नहीं है। यदि समय पर ठीक निर्णय नहीं किया गया तो यह एक बड़े राष्ट्रीय संकट की शुरुआत हो सकती है। गुजरात में नव-निर्माण आंदोलन के बाद श्री नरेंद्र मोदी के अतिरिक्त कोई और नेता इतनी बड़ी भीड़ इकट्ठी नहीं कर पाया था। इतनी बड़ी सभाएँ, लाठीचार्ज, कर्फ्यू, गोली कांड गुजरात में 13 वर्षों के बाद हुआ है। इस दृष्टि से गुजरात का इतिहास याद रखा जाना चाहिए। वहाँ शुरू होने वाले आंदोलन पूरे देश में एक बहुत बड़े बदलाव के सूचक रहे हैं।

गुजरात में पटेल समुदाय हर दृष्टि से एक संपन्न और प्रभावशाली समुदाय है। इस समय प्रदेश की मुख्यमंत्री और सात मंत्री तथा सात सांसद इस समुदाय के हैं। विधायकों में लगभग 30 प्रतिशत विधायक पटेल समुदाय के हैं। विदेशों और विशेषकर अमेरिका में गुजरात के पटेल अत्यंत संपन्न हैं। बड़े-बड़े होटलों के मालिक हैं। ऐसी परिस्थिति में एक 22 साल के अब तक अनजान युवा हार्दिक पटेल के आह्वान पर इस समुदाय के लाखों लोगों का आरक्षण की माँग को लेकर सड़क पर आना कोई साधारण घटना नहीं है।

राजस्थान व कुछ अन्य प्रदेशों में जाट समुदाय संपन्न और प्रभावशाली है, वे भी आरक्षण की माँग को लेकर आंदोलन करते रहे, सड़कों पर उतरे और हिंसा की घटना भी हुई। अब महाराष्ट्र में कांग्रेस और एन.सी.पी.

द्वारा मराठा, ढांगर और मुसलमानों को आरक्षण देने के लिए सरकार को अल्टीमेटम दे दिया गया है। अन्य जातियों में आरक्षण की माँग की चर्चा होने लगी है। ब्राह्मण, राजपूत व अन्य जातियों में भी गरीबी है, बेराजगारी है। यदि अति संपन्न पटेल समुदाय आरक्षण के लिए सड़क पर आ रहा है तो वह दिन दूर नहीं, जब अन्य जातियाँ भी आरक्षण के लिए आंदोलन करेंगी।

कुछ वर्ष पहले तक दलित, पिछड़े और कमजोर वर्ग आरक्षण की माँग किया करते थे। अब समाज के संपन्न और प्रभावशाली समुदायों ने भी आरक्षण की माँग करनी शुरू की है। इस नई परिस्थिति पर पूरे देश को गंभीरता के साथ विचार करना चाहिए।

देश की आबादी तेजी के साथ बढ़ती जा रही है। भारत प्रति वर्ष ऑस्ट्रेलिया देश के बराबर नई आबादी बढ़ा लेता है। शिक्षा के अवसर बढ़ने से शिक्षितों की संख्या अधिक हो गई। टी.वी. ने एक संपन्न व आलीशान जीवन सब को दिखा दिया। महत्त्वाकांक्षाएँ बढ़ गईं। उस अनुपात में नौकरियाँ नहीं बढ़ीं। बेरोजगारी की समस्या गंभीर होती गई। नौकरियाँ प्राप्त करने के लिए गलाकाट स्पर्धा पैदा हुई। उसी से नौकरी भरती में भ्रष्टाचार बढ़ता गया। समाज में उच्च वर्गों में यह धारणा बढ़ती जा रही है कि नौकरियों पर आरक्षित जातियों का अधिक अधिकार होने के कारण उन्हें नौकरियों में पूरा हिस्सा नहीं मिल रहा है। यह असंतोष दिन–प्रतिदिन बढ़ता जा रहा है। उन्हें लगता है यदि उन्हें भी आरक्षण की सुविधा मिल जाए तो उसका लाभ होगा। ऊँची जातियों की मानसिक सोच बदल रही है।

गुजरात में इसी पटेल समुदाय ने खाप आरक्षण आंदोलन का विरोध किया था। विरोध इतना प्रबल था कि उस समय के मुख्यमंत्री माधव सिंह सोलंकी को त्यागपत्र देना पड़ा था। अब 30 साल के बाद वही पटेल समुदाय स्वयं आरक्षण की माँग कर रहा है।

भारत का संविधान बनाते समय जब अनूसूचित जाति और जनजाति समुदायों के लिए आरक्षण की व्यवस्था की गई थी तो यह स्पष्ट कहा गया था कि आरक्षण केवल 10 वर्ष के लिए है परंतु अवधि बढ़ती गई और अब आरक्षण स्थायी होता जा रहा है। आरक्षण वोट की राजनीति का एक बहुत बड़ा साधन बन गया।

भारत सरकार के आर्थिक और सामाजिक सर्वेक्षण की रिपोर्ट चौंका देने वाली है। उसके अनुसार 60 करोड़ लोग केवल एक हजार रुपए महीने पर गुजारा करते हैं। 11 करोड़ लोग अति गरीबी की हालत में रहते हैं। इन वर्गों में निश्चित रूप में सबसे अधिक संख्या दलित, अनूसूचित जाति, जनजातियों और पिछड़े वर्गों की होगी। प्रश्न पैदा होता है कि लंबे समय से दिए जाने वाले आरक्षण का लाभ क्यों नहीं पहुँचा। इसका उत्तर बड़ा ही सरल है। आरक्षण का लाभ उन वर्गों के ऊपर के मलाईदार तबके को ही हुआ है। गाँव और झोंपड़ी में रहने वाले आरक्षित जाति के गरीब तक यह लाभ बहुत कम पहुँचा है। कई बार यह माँग उठी थी कि इन वर्गों के मलाईदार लोगों को आरक्षण की सुविधा न दी जाए परंतु सभी राजनीतिक दलों ने इसका विरोध किया था क्योंकि राजनीति में इन वर्गों में मलाईदार लोग ही ऊँचे पदों पर बैठे हैं।

आर्थिक-सामाजिक सर्वे में स्पष्ट कहा गया है कि सब सरकारी प्रयत्नों के बाद भी अनुसूचित व जनजाति वर्गों में गरीबी बढ़ी है। यह कहा गया कि अनुसूचित वर्गों में 83 प्रतिशत और जनजाति वर्ग में 87 प्रतिशत लोगों की मासिक आय केवल एक हजार रुपए से कम है। रिपोर्ट में आगे कहा गया है कि अनुसूचित जाति वर्ग में केवल 4.6 प्रतिशत और जनजाति वर्ग में केवल 4.48 प्रतिशत परिवारों की आय 10 हजार से अधिक है। इन लगभग 5 प्रतिशत परिवारों में भी आरक्षण का पूरा लाभ नहीं मिला है।

यह एक कड़वी और आँखें खोलने वाली सच्चाई है कि 68 साल के बाद भी इन वर्गों के गरीबों तक आरक्षण का पूरा लाभ नहीं पहुँचा। पूरा लाभ ऊपर के मलाईदार तबके को ही मिला।

गुजरात के आंदोलन का एक संदेश है कि अब समय आ गया है कि जाति पर आधारित आरक्षण को समाप्त करके केवल गरीबी के आधार पर आरक्षण दिया जाए। यह एक बहुत बड़ा कठिन और पेचीदा विषय है। इस पर एक राष्ट्रीय बहस होनी चाहिए। सर्वेक्षण के अनुसार 11 करोड़ लोग आजादी के 68 साल के बाद भी अति गरीबी की हालत में रह रहे हैं। जरा कल्पना करें, इन करोड़ों घरों में आजादी का कोई मतलब नहीं है। यदि केवल आर्थिक

आधार पर आरक्षण और सभी सुविधाएँ देने का निर्णय किया जाए तो कुछ ही वर्षों में इन करोड़ों घरों से गरीब का यह अँधेरा दूर हो सकता है।

श्री हार्दिक पटेल ने कहा है, "यह झूठी धारणा है कि सारे पटेल बेहद संपन्न हैं। कुछ मुट्ठी भर ही अमीर हैं, बाकी अति गरीब हैं।" यह बात सभी जातियों के लिए लगभग ठीक है। सभी ब्राह्मण व राजपूत भी अमीर नहीं। उसमें भी अति गरीब हैं। 68 वर्ष के आरक्षण के बाद आरक्षित जातियों में भी कुछ अमीर हो गए हैं। सबको न्याय देने के लिए आरक्षण की पूरी नीति को बदलने की आवश्यकता है।

यह ठीक है कि पिछड़ापन सामाजिक भी होता है। यही सोचकर आरक्षण दिया गया था परंतु आर्थिक स्थिति ठीक होने के बाद सामाजिक पिछड़ापन भी दूर हो जाता है। आरक्षण की सुलगती आँच को बुझाने का एक ही तरीका है कि एक राष्ट्रीय सहमति बनाकर आरक्षण आर्थिक आधार पर दिया जाए। उससे हर जाति में अति गरीबी व भुखमरी की शर्मनाक स्थिति समाप्त हो जाएगी।

□

कांग्रेस सरकार की एक प्रशंसनीय उपलब्धि

कांग्रेस सरकार ने एक ऐसा प्रशंसनीय काम किया है, जिसकी जितनी सराहना की जाए कम है। 2013 में केंद्र की कांग्रेस सरकार ने भारत के कंपनी कानून में एक संशोधन किया। उसके अनुसार लाभ कमाने वाली हर कंपनी को अपने लाभ का दो प्रतिशत सामाजिक दायित्व में खर्च करना अनिवार्य कर दिया। यह धन समाज के विकास के कार्यों में लगाना होगा। उस समय इस संशोधन के महत्त्व की अधिक चर्चा नहीं हुई परंतु अब इसके लागू होने से यह संशोधन भारत के विकास में एक महत्त्वपूर्ण चर्चा का विषय बना है।

मैं संसद की सार्वजनिक उपक्रम (सरकारी कंपनियाँ) संबंधी स्थायी समिति का अध्यक्ष हूँ। समिति ने पिछले वर्ष इसी विषय पर विशेष अध्ययन किया, विचार-विमर्श किया और पिछले लोकसभा सत्र में एक महत्त्वपूर्ण रिपोर्ट सदन में रखी।

भारत में केंद्रीय सरकार की 280 सरकारी उपक्रम (कंपनियाँ) हैं। इनमें से 131 लाभ कमाती हैं। इनके लाभ का दो प्रतिशत लगभग चार हजार करोड़ रुपए बनता है। नए कानून के अनुसार यह धन कंपनियों को सामाजिक दायित्व के रूप में खर्च करना अनिवार्य है। कानून को इतना सख्त बनाया गया है कि जो कंपनी इसका पालन नहीं करेगी, उसे दंडित करने का भी प्रावधान है। हमारी समिति के ध्यान में यह बात आई है कि सब कंपनियाँ इस

धन को समय पर खर्च नहीं करतीं। ठीक तरीके से ठीक जगह पर खर्च नहीं होता। हमने अपनी रिपोर्ट में सरकार को विशेष रूप से सिफारिश की है कि यह धन ठीक तरीके से, ठीक समय पर अवश्य खर्च हो। दिशा-निर्देशों में यह स्पष्ट कहा गया है कि इस धन का उपयोग गरीबी, भुखमरी और पिछड़ेपन को दूर करने के लिए किया जाना चाहिए।

समिति ने एक विशेष सिफारिश की है कि सामाजिक दायित्व की नई स्पष्ट परिभाषा की जाए। सामाजिक दायित्व का अर्थ यह है कि 68 साल के बाद भी जो लोग और इलाके पिछड़े रहे, उनके प्रति विकास का दायित्व निभाया जाए। समिति ने यह भी कहा है कि इस धन का उपयोग महात्मा गांधीजी के अंत्योदय की भावना से किया जाए।

पूरे देश में लगभग 9 लाख निजी कंपनियाँ हैं। उन पर भी यह कानून पूरी तरह लागू होता है। हमारी समिति तो केवल 280 सरकारी कंपनियों के संबंध में विचार कर सकती है। देश की 9 लाख निजी कंपनियों में से लगभग 21 हजार कंपनियाँ लाभ कमाती हैं, जो इस कानून के घेरे में आती हैं। यदि सरकार की 131 कंपनियों का दो प्रतिशत चार हजार करोड़ बनता है तो इन 21 हजार निजी कंपनियों का दो प्रतिशत कई लाख करोड़ रुपए बनेगा। हमारी समिति ने सरकार से इस संबंध में पूरी जानकारी माँगी है। पूरी जानकारी अभी मिली नहीं है। सही आँकड़े तो सरकार बताएगी पर यदि 131 कंपनियों का 2 प्रतिशत लाभ चार हजार करोड़ बनता है तो उसी अनुपात से 26 हजार कंपनियों के लाभ का 2 प्रतिशत कम-से-कम 7 लाख करोड़ रुपए बनेगा।

कुछ बड़ी निजी कंपनियाँ पहले से ही समाजसेवा का काम करती हैं। इस दिशा में कुछ कंपनियों का इतिहास तो बहुत ही प्रशंसनीय है। विप्रो के अजीम प्रेमजी ने तो 12 हजार करोड़ का दान देकर एक नया कीर्तिमान बनाया। एक रिपोर्ट के अनुसार भारत की प्रमुख 10 बड़ी कंपनियों ने लगभग 20 हजार करोड़ रुपए समाजसेवा के लिए रखा है। यह सब सराहनीय है परंतु कुल लाभ कमाने वाली कंपनियाँ तो 26 हजार हैं और यह भी एक कड़वी सच्चाई है कि सभी कंपनियाँ ऐसा नहीं करतीं।

समिति द्वारा जाँच में इस धन के दुरुपयोग के भी कई उदाहरण सामने आए। हर कंपनी अपने कर्मचारियों के लिए आवास बनाती ही है। उसमें सड़क, पानी, बिजली के खर्च को कुछ कंपनियों ने इस मद में दिखाया है, कई जगह पार्क बनाने व खेलों के लिए विदेश जाने पर खर्च किया है। ऐसे सभी काम इस सामाजिक दायित्व के दायरे में नहीं आते। एक बड़ा उदाहरण पर्ल कंपनी का आया है। इस कंपनी पर 45 हजार करोड़ रुपए का घोटाला करने का आरोप लगा है। सी.बी.आई. ने कुछ गिरफ्तारियाँ भी की हैं। इस कंपनी ने इसी मद में 15 करोड़ रु. पंजाब में विश्व कबड्डी कप के लिए दिए, जिसका उपयोग सिनेमा सितारों के नाच-गाने पर किया गया।

इस नए कानून के बाद निजी कंपनियों में इस पर चर्चा शुरू हुई है। कुछ ने इसे टैक्स के रूप में एक बोझ समझा है। कुछ ने इसकी प्रशंसा की है। कुछ ने इसे समाजसेवा का एक बहुत बड़ा साधन कहा है। वास्तव में यह टैक्स तो है ही नहीं। टैक्स तो वह होता है, जिसे लेकर सरकार अपने खजाने में जमा करती है। यह तो केवल समाजसेवा में खर्च करने का एक सरकारी आदेश मात्र है। उद्योग जगत् इस बात को समझे कि यह न तो टैक्स है, न दान है और न ही कोई एहसान है। यह तो उस समाज के प्रति कंपनी की एक जिम्मेदारी है, जिसमें काम करके कंपनियाँ फलती-फूलती हैं और लाभ कमाती हैं।

भारत के विकास में सबसे बड़ी दुर्भाग्यपूर्ण कमी यह रही है कि विकास तो हुआ पर सामाजिक न्याय नहीं हुआ। विश्व की सबसे तेजी से बढ़ती अर्थव्यवस्था और विश्व के करोड़पतियों में भारत के लोगों की बढ़ती संख्या परंतु उसके साथ ही विश्व में सबसे अधिक भूखे लोग भारत में हैं। हंगर इंडेक्स में सबसे नीचे भारत-कुपोषण से मरने वाले बच्चों की सबसे अधिक संख्या भारत में हैं। वृद्धि दर बढ़ता रहा, अमीरी चमकती रही और गरीबी सिसकती रही। यह दुर्भाग्यपूर्ण दृश्य दिल दहला देता है और भारत के विकास का उपहास उड़ाता है। इस आर्थिक विषमता को दूर करने का काम केवल सरकार का नहीं, पूरे समाज का है। इसी दृष्टि से भारत की लाभ कमाने वाली कंपनियों को इस राष्ट्रीय महत्त्व के काम में लगाने के लिए इस कानून का उपयोग किया जा सकता है।

भारत सरकार का कुल वार्षिक बजट लगभग 18 लाख करोड़ रु. का है। उसमें से 11 लाख करोड़ रु. गैर–योजना व्यय है। योजना व्यय केवल 7 लाख करोड़ है। देश की निजी कंपनियों के लाभ का 2 प्रतिशत लगभग 7 लाख करोड़ रु. इस दृष्टि से बहुत बड़ी धन राशि है। यदि इसका उपयोग ठीक तरीके से अंत्योदय की भावना से किया जाए तो आर्थिक विषमता दूर करने में बहुत बड़ी सहायता मिल सकती है। योजना व विकास के लिए रखे 7 लाख करोड़ रु. 14 लाख करोड़ रु. बन सकते हैं।

मैंने इसी संबंध में प्रधानमंत्री श्री नरेंद्र मोदीजी को पत्र लिखा है। मैंने लिखा है कि सरकार की 280 कंपनियों के संबंध में विचार करने के लिए तो संसद की एक कमेटी है परंतु निजी क्षेत्र की 9 लाख कंपनियों के संबंध में इस दृष्टि से विचार करने के लिए कोई व्यवस्था नहीं है। मैंने आग्रह किया है कि सरकार ऐसी व्यवस्था करे, ताकि यह पूरा धन भारत की गरीबी और पिछड़ेपन को दूर करने में लगे। मैंने यह भी सुझाव दिया है कि सरकार एक अलग अंत्योदय मंत्रालय बनाए। इस पूरे धन का सही उपयोग करने का काम वह मंत्रालय करे।

□

गाँव-गरीब को समर्पित अंत्योदय सरकार

26 मई को केंद्र की भाजपा सरकार अपने दो वर्ष पूरे कर रही है। इस सरकार का बनना और दो वर्ष की उपलब्धियाँ गौरवशाली और ऐतिहासिक हैं।

इस बार लोकसभा के चुनावों में भारत की जनता ने भाजपा को इतना अधिक समर्थन दिया, जिसकी किसी को आशा नहीं थी। 10 वर्ष के कांग्रेस राज के भ्रष्टाचार, कुप्रबंध, बढ़ती महँगाई और बेरोजगारी से जनता बहुत दुःखी थी। भारतीय जनता पार्टी 1951 से लगातार संघर्ष कर रही थी। श्री अटलजी के नेतृत्व में केंद्र में सरकार बनी परंतु 22 अन्य दलों को लेकर यह सरकार बनानी पड़ी थी। श्री अटलजी के नेतृत्व में बहुत कुछ हुआ परंतु सब कुछ नहीं हो सका।

श्री नरेंद्र मोदीजी ने पार्टी के नेता चुने जाने के बाद अपने पहले भाषण में एक अत्यंत महत्त्वपूर्ण बात कही थी। उन्होंने कहा था, "यह सरकार देश के गरीबों को समर्पित होगी।"

भारत लगातार विकास करता रहा। वृद्धि दर बढ़ती रही परंतु सामाजिक न्याय नहीं हुआ। उसके कारण आर्थिक विषमता बढ़ती गई। आज एक विचित्र विरोधाभास आर्थिक परिदृश्य में दिखाई देता है। विश्व में तेजी से बढ़ती भारत की आर्थिक व्यवस्था, बढ़ती वृद्धि दर, करोड़पतियों और अरबपतियों की लगातार बढ़ती संख्या परंतु विश्व में सबसे अधिक भूखे लोग और कुपोषण से मरने वाले बच्चों की सबसे अधिक संख्या भारत में है। तीन लाख अन्नदाता किसान आत्महत्या कर चुके हैं। स्वतंत्रता प्राप्ति के समय भारत की कुल

जनसंख्या 35 करोड़ थी परंतु आज गरीबी रेखा से नीचे गरीबों की संख्या इससे भी अधिक हो चुकी है। आर्थिक वृद्धि दर तो बढ़ती रही पर साथ ही अमीरी चमकती रही और गरीबी सिसकती रही।

इस दृष्टि से श्री नरेंद्र मोदीजी का पहले भाषण का यह कथन कि उनकी सरकार गरीबों को समर्पित होगी, अत्यंत महत्त्वपूर्ण व ऐतिहासिक है।

सरकार ने सबसे पहला काम सफलतापूर्वक यह करके दिखाया कि इन दो वर्षों में किसी प्रकार के भ्रष्टाचार का आरोप तक नहीं लग सका। कांग्रेस के 10 वर्षों में केंद्र सरकार घोटालों की सरकार बनकर रह गई थी। ऊँचे-ऊँचे पदों पर बैठे नेता भयंकर आरोपों के घेरे में थे। मंत्रियों तक को जेल में जाना पड़ रहा था। 10 वर्षों के उस भ्रष्टाचार को पूरी तरह समाप्त करके केंद्र में एक स्वच्छ प्रशासन देना एक बहुत बड़ी ऐतिहासिक उपलब्धि है।

पिछले दो वर्षों में जितनी योजनाएँ प्रारंभ की गई हैं, वे सब अंत्योदय की भावना से प्रेरित हैं। गाँव, गरीब और किसान को सामने रखकर सभी योजनाएँ बनाई जा रही हैं। मनरेगा जैसी पिछली अच्छी योजनाओं को और आगे बढ़ाया जा रहा है और नई-नई योजनाएँ प्रारंभ की जा रही हैं।

अब सबसे बड़ी चुनौती यह है कि ये सब योजनाएँ नीचे पंचायत तक पूरी ईमानदारी से लागू हों। भारत का नीचे की शासन-प्रशासन व्यवस्था पूरी तरह से न तो दक्ष है और न ही ईमानदार है। भ्रष्टाचार नीचे के स्तर तक पहुँचा हुआ है। कुछ अच्छी योजनाएँ पहले भी चली थीं लेकिन कागजों पर ही रहीं, जमीन पर नहीं उतरीं।

भारतीय जनता पार्टी के प्रत्येक कार्यकर्ता पर यह सबसे बड़ी जिम्मेदारी है कि पंचायत स्तर तक ये सभी योजनाएँ ठीक प्रकार से लागू हों। इस बार केंद्र के बजट में सीधे पंचायतों को इतना अधिक धन दिया जाएगा, जितना पहले कभी नहीं मिला था। मनरेगा में ही 48 हजार करोड़ रु. भेजा जा रहा है। प्रश्न केवल योजना बनाने का नहीं, धन भेजने का नहीं परंतु उस धन को ठीक प्रकार से ठीक जगह प्रयोग करने का है। मैं समझता हूँ कि मतदान केंद्र तक पार्टी के कार्यकर्ताओं को इस दिशा में सक्रिय होकर प्रशासन का सहयोग भी

करना चाहिए और योजनाओं का निरीक्षण भी करना चाहिए।

इस बार की सभी केंद्रीय योजनाएँ यदि पूरी ईमानदारी से लागू हो जाएँ तो भारत के गाँव व गरीब का चित्र बदल जाएगा। इस दिशा में पार्टी को विशेष भूमिका निभानी होगी। केवल प्रशासन के सहारे यह सब कुछ नहीं होगा।

देश में कुछ समस्याएँ विकट होते-होते विकराल रूप धारण कर रही हैं परंतु पूरे देश की राजनीति उनकी जड़-मूल समस्या पर पूरी तरह से आँखें बंद करके बैठी है, ठीक वैसे ही, जैसे बिल्ली के आने पर कबूतर अपनी आँखें बंद कर लेता है।

देश में बेरोजगारी लगातार बढ़ती जा रही है। उत्तर प्रदेश में 300 चपरासियों के पदों के लिए 23 लाख उम्मीदवार आ गए। हिमाचल प्रदेश में 3 चपरासियों के पदों के लिए 1200 उम्मीदवार आ गए। इन उम्मीदवारों में एम.ए. और एम.बी.ए. की डिग्री वाले उम्मीदवार भी थे। पूरे देश में लगभग यही हाल है। देश की आबादी लगातार बढ़ रही है। प्रति वर्ष लगभग एक करोड़ नए नौकरी प्राप्त करने वाले उम्मीदवार खड़े हो जाते हैं। लगभग 35 लाख लोगों को सरकारी और निजी क्षेत्र में नौकरी मिल पाती है। 65 लाख नए बेरोजगार हर साल बढ़ रहे हैं। इस बेरोजगारी से देश की जवानी हताश और निराश हो रही है। मजबूरी में कुछ लोग अपराध की दुनिया में जा रहे हैं। कई जगह निराशा में आत्महत्या भी हो रही है।

भारत जब स्वतंत्र हुआ तो देश की आबादी 35 करोड़ थी। आजादी के 68 साल बाद आबादी 125 करोड़ हो गई और गरीबों की संख्या 36 करोड़ हो गई। भारत आबादी में बहुत जल्दी चीन से भी आगे बढ़ जाएगा।

आबादी बढ़ेगी तो जंगल कम होंगे। मकान बनाने के लिए रेत, बजरी की आवश्यकता होगी, माँग बढ़ेगी तो रेत माफिया पनपेगा। गाड़ियों की संख्या बढ़ेगी तो प्रदूषण अधिक होगा। नदी-नालों की रेत, बजरी निकालकर काम पूरा नहीं हुआ तो अब अँतड़ियाँ तक निकाली जा रही हैं और उसी कारण वर्षा होने पर भारी तबाही का मुँह देखना पड़ रहा है। धीरे-धीरे पानी कम हो रहा

है। एक-एक बूँद पानी के लिए लोग तरस रहे हैं। भारत सरकार 100 स्मार्ट नगर बना रही है। वे कब बनेंगे, कुछ कह नहीं सकते परंतु उनके बनने के पहले भारत के हजारों छोटे नगर यातायात और कूड़े-कचरे की समस्या से परेशान हो जाएँगे। हिमाचल जैसे छोटे से प्रदेश के छोटे-छोटे कस्बों में गंदगी बढ़ रही है। बस अड्डों और रेलवे प्लेटफॉर्मों पर भयंकर भीड़ है। दिल्ली के राममनोहर लोहिया अस्पताल और एम्स में जाने का मौका मिला तो भयंकर भीड़ देखने को मिली। रोगियों की लाइनें लगी हैं, कुछ खड़े हैं और कुछ बैठे हैं, कुछ रात को सड़क पर लेटने के लिए विवश होते हैं।

ये सारी समस्याएँ आबादी के बहुत अधिक बढ़ने के कारण पैदा हुई हैं। यदि हम देश की आबादी का 80 करोड़ पर भी नियंत्रण कर लेते तो आज देश इस मोड़ पर आकर खड़ा न होता। यदि चीन अपनी बढ़ती आबादी को रोक सकता है तो भारत क्यों नहीं रोक सकता।

जीवन की बुनियादी सुविधाएँ सब तक नहीं पहुँच रहीं क्योंकि सरकार के पास साधन कम हैं और बढ़ती आबादी के कारण आवश्यकता अधिक है। न्यायालयों में मिलने वाला न्याय भी देरी के कारण अन्याय बनता जा रहा है, हालत यहाँ तक आ गई है कि देश के सर्वोच्च न्यायालय के मुख्य न्यायाधीश प्रधानमंत्री के सामने आँसू बहाने पर विवश हो गए हैं।

लगातार बढ़ती आबादी से पैदा होने वाली सब समस्याएँ विकराल रूप धारण कर रही है परंतु इससे भी अधिक चिंता का विषय यह है कि देश की पूरी राजनीति ने पूरी तरह आँखें मूँद ली हैं। कोई पार्टी इस बात की चर्चा तक नहीं करती। कारण एक ही लगता है कि उससे उनके वोट बैंक में हानि हो सकती है। देश की राजनीति देश के लिए होनी चाहिए, केवल वोटों के लिए नहीं होनी चाहिए। अब धीरे-धीरे पानी सिर से ऊपर निकलता जा रहा है। इस आपराधिक लापरवाही के लिए इतिहास आज की पीढ़ी को कभी क्षमा नहीं करेगा।

बढ़ती आबादी और साधनों की कमी के कारण आर्थिक परिदृश्य भी भयावना होता जा रहा है। एक तरफ विश्व में तेजी से बढ़ती अर्थव्यवस्था,

बढ़ती वृद्धि दर, करोड़पतियों की निरंतर बढ़ती संख्या और दूसरी तरफ विश्व के 82 करोड़ भूखे लोगों में 27 करोड़ भारत में रहते हैं। प्रदूषण से मरने वाले बच्चों की सबसे अधिक संख्या भारत में है। 3 लाख किसान आत्महत्या कर चुके हैं। प्रतिदिन कर रहे हैं। 25 लाख लोग प्रति वर्ष भूख के कारण मरते हैं। भूख व गरीबी की मजबूरी में बच्चों को बेचने तक की खबरें आती हैं। भारत सरकार द्वारा जारी सामाजिक व आर्थिक सर्वेक्षण की रिपोर्ट के अनुसार 60 करोड़ लोग केवल एक हजार रुपए मासिक पर गुजारा कर रहे हैं।

यदि इस बरबादी को रोकना है तो आबादी को रोकना पड़ेगा। पहले ही बहुत देर हो चुकी हैं। अब और विलंब घातक सिद्ध होगा।

समय आ गया है कि सभी दल मिलकर एक राष्ट्रीय जनसंख्या नीति बनाएँ। जनसंख्या रोकने के लिए कानून बनाएँ या प्रोत्साहन देने अथवा सुविधाएँ कम करने का निर्णय करें। कुछ भी करना पड़े परंतु बढ़ती आबादी को रोकना आज की सबसे बड़ी जरूरत है।

इस निर्णय का तुरंत कोई लाभ नहीं होगा। कुछ वर्षों के बाद लाभ दिखने लगेगा परंतु सबसे बड़ा लाभ यह होगा कि आने वाली पीढ़ियाँ हमें इस अपराध के लिए जिम्मेदार नहीं ठहराएँगी कि हमने वोट बैंक के डर से एक राष्ट्रीय कर्तव्य को नहीं निभाया।

प्रधानमंत्री श्री नरेंद्र मोदीजी ने अपने पहले भाषण में महत्त्वपूर्ण घोषणा की थी कि उनकी सरकार देश के गरीबों को समर्पित होगी। अंत्योदय की भावना से प्रेरित बहुत सी नई योजनाएँ गाँव, गरीब और किसान के लिए शुरू भी की गई हैं परंतु बढ़ती आबादी का दानव इन योजनाओं के लाभ को निगल लेगा। यदि आबादी पर नियंत्रण करने का साहस दिखाया गया तो ये सब योजनाएँ एक खुशहाल भारत बना सकेंगी।

□

भाजपा का विकास पर्व और कांग्रेस का विरोध पर्व

केंद्र सरकार के दो वर्ष पूरे होने पर भारतीय जनता पार्टी विकास पर्व मना रही है। अपनी उपलब्धियों का प्रचार कर रही है और उसी जोश के साथ कांग्रेस विरोध पर्व मनाकर हर बात का विरोध कर रही है। भारतीय लोकतंत्र परिपक्व नहीं हुआ। चाहिए तो यह कि विपक्ष सरकार के अच्छे काम की प्रशंसा करे, कमियों को दूर करने का सुझाव दे और गलत कामों का ही विरोध करे परंतु अब सरकार की हर बात का विरोध करना विपक्ष का धर्म बन गया है। इसी कारण विपक्ष की विश्वसनीयता समाप्त हो गई है। लोग सोचते हैं कि जो विरोधी दल में हैं, वे तो हर बात का विरोध ही करेंगे।

यह दुर्भाग्य है कि सहयोग की राजनीति की बजाय टकराव और विरोध की राजनीति भारत में चल रही है।

याद करें दस वर्ष का कांग्रेस का शासन, कितने घोटाले और भ्रष्टाचार उजागर हुए। मंत्री तक जेल में गए। पूरे विश्व में भारत की सरकार घोटालों की सरकार के रूप में बदनाम हो गई। आज दो वर्ष हो गए, कहीं कोई भ्रष्टाचार की चर्चा नहीं। केंद्र सरकार के माथे पर भ्रष्टाचार का कलंक पूरी तरह से धो डाला गया। यह एक ऐतिहासिक उपलब्धि है। क्या विपक्ष में कोई भी इतना समझदार नहीं कि इस सच्चाई को देख सके।

कांग्रेसी नेताओं की पूरी अलोचना में कहीं पर केंद्र सरकार की किसी योजना की गुण-दोष के आधार पर अलोचना नहीं हो रही। शायद विपक्ष

योजनाओं के बारे में सोच भी नहीं रहा है। कौन सी योजना क्यों लोगों के हित में नहीं है या किस योजना में क्या कमी है, इस बारे में कहीं पर कोई चर्चा नहीं हो रही है। केवल आँखें बंद करके विरोध के लिए, विरोध किया जा रहा है।

भारत के इतिहास में पहली बार अंत्योदय की भावना से गाँव, गरीब और किसान के लिए इतनी अधिक योजनाएँ शुरू की गई है। कोई भी ईमानदार व निष्पक्ष दृष्टि से सोचे और विचार करे तो ये सब योजनाएँ ईमानदारी से और पूरी तरह लागू होने पर देश का कायाकल्प कर सकती हैं।

यदि विपक्ष का रचनात्मक सहयोग हो तो सरकार और भी अधिक और शीघ्र विकास के काम कर सकती है। लोकसभा सत्र के दौरान कांग्रेस के सांसद भी यह कहते थे कि जी.एस.टी. बहुत लाभदायक है परंतु कहते थे, वे इसे पास नहीं होने देंगे। यह कैसा लोकतंत्र है। पूरा देश, व्यापारी, उद्योगपति और राज्य सरकारें जी.एस.टी. कानून को तुरंत लागू करवाना चाहती हैं परंतु कांग्रेस ने आज तक केवल विरोध के कारण पास नहीं होने दिया। इसी तरह श्री नरेंद्र मोदी ने लोकसभा और विधानसभा के चुनाव इकट्ठे करवाने का सुझाव दिया है। यह अत्यंत महत्त्वपूर्ण सुझाव विरोध के कारण स्वीकार नहीं हो रहा है।

केंद्र सरकार की सभी योजनाएँ गाँव और गरीब की समस्याओं का समाधान करेंगी परंतु समस्याएँ इतनी विकट हैं कि उनका समाधान करने के लिए और अधिक समय तथा धन की आवश्यकता है।

अभी-अभी पाँच प्रदेशों के चुनाव समाप्त हुए हैं और उसके तुरंत बाद अगले साल होने वाले पाँच प्रदेशों के चुनाव की तैयारी शुरू हो गई। हर वर्ष कुछ प्रदेशों में चुनाव होते हैं। देश की पूरी राजनीति बड़े नेता और सरकारें चुनाव में उलझ जाते हैं। बहुत अधिक धन खर्च होता है। धीरे-धीरे लोकतंत्र एक चुनाव तंत्र बनकर रह गया है। पूरे देश की राजनीति, पूरा समय चुनाव के मूड में ही रहती है। विकास पर ध्यान देन का समय कम मिलता है।

भारत के प्रथम चुनाव में एक रुपया प्रति व्यक्ति खर्च हुआ था। अब

22 रुपए प्रति व्यक्ति खर्च होते हैं। चुनाव खर्च 22 गुणा बढ़ गया और भारत की आबादी 35 करोड़ से बढ़कर 125 करोड़ हो गई है। इन चुनावों में सरकार, पार्टियों और उम्मीदवारों के लाखों-करोड़ों रुपए खर्च होते हैं। जो खर्च पाँच साल में एक बार होना चाहिए, वह हर वर्ष हो रहा है।

भारत में लगभग 40 करोड़ लोग गरीबी रेखा से नीचे हैं। दुनिया में सबसे अधिक भूखे लोग भारत में रहते हैं। आर्थिक और सामाजिक सर्वेक्षण के अनुसार 60 करोड़ लोग केवल एक हजार रुपए महीने पर गुजारा करते हैं। 3 लाख किसान आत्महत्या कर चुके हैं। अदालतों में करोड़ों मुकदमे लंबित पड़े हैं। जजों के कई हजार पद खाली हैं। हालत यह आ गई कि सर्वोच्च न्यायालय के मुख्य न्यायाधीश ने प्रधानमंत्री के सामने आँसू तक बहा दिए। इस सारी परिस्थिति को बदलने के लिए और अधिक धन चाहिए तथा समय चाहिए। हर वर्ष के चुनाव में हम समय और धन व्यर्थ में बरबाद कर रहे हैं। यह धन की बरबादी एक राष्ट्रीय अपराध है।

श्री अटलजी की सरकार के समय मैंने और भैरो सिंह शेखावतजी ने बड़े जोर से उनके सामने यह सुझाव रखा था। आदरणीय आडवाणीजी ने तो सभी चुनाव सुधारों पर कई बार विस्तार से कहा है। श्री अटलजी ने विपक्षी दलों से बातचीत भी शुरू की थी परंतु बात नहीं बढ़ी, तब हमने यह सुझाव दिया था कि पंचायत से लेकर संसद तक सभी चुनाव पाँच वर्ष में केवल एक बार किए जाएँ। उप-चुनाव भी न किया जाए। यदि कोई स्थान खाली होता है तो दूसरे स्थान पर रहे उम्मीदवार को विजयी घोषित कर दिया जाए। यह ठीक है, लोकतंत्र के प्रति हमारी प्रतिबद्धता है परंतु सदियों की गरीबी और पिछड़ेपन को दूर करना, उससे भी बड़ी है व मर्यादित करना बहुत आवश्यक है।

मैंने इस संबंध में प्रधानमंत्रीजी को पत्र लिखा है। मैं शीघ्र उनसे मिलूँगा। भारतीय जनता पार्टी के राष्ट्रीय अध्यक्ष श्री अमित शाहजी से मैं चर्चा करूँगा। मैं प्रधानमंत्रीजी से यह आग्रह करूँगा कि वे इस प्रश्न पर सक्रिय पहल करें। एक राष्ट्रीय सहमति बनवाएँ और अति शीघ्र कानून में बदलकर पूरे देश

के सारे चुनाव पाँच साल में एक बार करवाने की व्यवस्था करें। इस एक बुनियादी और क्रांतिकारी परिवर्तन से पूरे देश का समय बचेगा, धन बचेगा। कालेधन का प्रचलन भी कम होगा। उस धन और समय से देश के विकास को और अधिक गति प्रदान होगी।

□

हिंदू धार्मिक नेताओं से विनम्र निवेदन

कांची के शंकराचार्य श्री नरेंद्रानंद सरस्वती ने कहा है कि प्रत्येक हिंदू को 10 बच्चे पैदा करने चाहिए। इसी प्रकार का सुझाव कुछ प्रमुख हिंदू नेताओं ने पहले भी दिया था। ये सब नेता हिंदुओं के सम्माननीय नेता हैं। इसलिए इनके सुझाव का कुछ प्रभाव हो सकता है।

मैं बड़े सम्मान और नम्रता से इन सब नेताओं से निवेदन करना चाहता हूँ कि वे इस प्रकार का सुझाव देने से पहले भारत की वर्तमान आर्थिक और सामाजिक व्यवस्था का गहराई से अध्ययन कर लें। भारत को स्वतंत्र हुए 70 वर्ष हो गए हैं परंतु अभी तक करोड़ों झोंपड़ियों में गरीबी सिसक रही है। देश के सभी लोगों को बुनियादी सुविधाएँ प्राप्त नहीं हो सकी हैं। 40 करोड़ गरीबी रेखा से नीचे रहते हैं। दुनिया में सबसे अधिक भूखे लोग भारत में हैं। सामाजिक व आर्थिक सर्वेक्षण के अनुसार 60 करोड़ लोग एक हजार रुपए महीने पर गुजारा करते हैं। इन सबके बहुत से कारण हैं परंतु सबसे बड़ा कारण बढ़ती हुई आबादी है।

भारत जब आजाद हुआ तो आबादी 35 करोड़ थी और आज भारत की आबादी 125 करोड़ हो गई है। परिवार नियोजन की सभी योजनाओं के बाद भी प्रति वर्ष भारत में एक करोड़ 70 लाख आबादी बढ़ जाती है। कुछ ही वर्षों में हमारी आबादी चीन से भी अधिक बढ़ जाएगी।

प्राकृतिक और सभी प्रकार के साधनों की एक सीमा है। धीरे-धीरे वह सीमा समाप्त होती जा रही है। जीवन की बुनियादी जरूरत पानी भी कम हो

रहा है। देश के बहुत से भागों में एक-एक बूँद पानी के लिए लोग तरस रहे हैं। कई जगह नदियों में जल स्तर कम हो रहा है। जिस अनुपात से आबादी बढ़ रही है, उस अनुपात से अनाज की पैदावार नहीं बढ़ रही है।

आबादी बढ़ेगी तो नए घर बनाने होंगे। जंगल कम होंगे। अधिक निर्माण के लिए रेत-बजरी की जरूरत पड़ेगी। अधिक माँग पर इनकी महँगाई बढ़ेगी और फिर रेत माफिया जगह-जगह संकट पैदा करेंगे। अधिक आबादी के साथ गाड़ियाँ अधिक चलेंगी, प्रदूषण बढ़ेगा। सड़क पर भीड़ भी बढ़ेगी। कई जगह जंगली जानवर बंदर, भेड़िए तक भी जंगलों से निकलकर कस्बों में आने शुरू हो गए हैं। पूरा प्राकृतिक संतुलन बिगड़ता जा रहा है। दिल्ली विश्व का सबसे अधिक प्रदूषित नगर बन गया है। दिल्ली की सड़कों पर प्रतिदिन 1400 नई गाड़ियाँ चलने लगी हैं।

भारत सरकार 100 स्मार्ट नगर बना रही है। बहुत ही सराहनीय योजना है परंतु जब तक वे सब नगर बनेंगे, तब तक कुछ छोटे-छोटे कस्बे मलिन बस्तियों में बदलने शुरू हो जाएँगे। हिमाचल जैसे छोटे पहाड़ी प्रदेश में छोटे-छोटे नगरों में गंदगी की समस्या बढ़ने लगी है। यातायात रुकने लगा है। एक तो आबादी बढ़ रही है और कस्बों में अधिक लोग बस रहे हैं। समाज का एक वर्ग संपन्न हो गया है। ग्रामीण क्षेत्र में पहले एक परिवार का एक मकान होता था, अब एक परिवार के कई मकान और कई गाड़ियाँ हो रही हैं।

भारत में प्रति वर्ष लगभग एक करोड़ नए नौजवान नौकरी प्राप्त करने के लिए तैयार होते हैं। सरकारी और निजी क्षेत्र में लगभग 40 लाख लोगों को रोजगार मिलता है। हर वर्ष 60 लाख नए उम्मीदवार बेरोजगारों की भीड़ में जुड़ जाते हैं। बेरोजगारी एक भयंकर समस्या बनती जा रही है। एक प्रदेश में 300 चपरासियों के पदों के लिए 23 लाख उम्मीदवार और उनमें बहुत से बी.ए., एम.ए. भी शामिल थे। लगभग यही स्थिति पूरे देश में है। नौकरी प्राप्त करने के लिए गला-काट स्पर्धा हो गई है। उसमें इसी कारण धाँधली भी बढ़ रही है और भ्रष्टाचार भी बढ़ रहा है। नवयुवकों में इस कारण निराशा-हताशा बढ़ रही है। देश में अपराधों की बढ़ती संख्या में एक बड़ा कारण यह भी

है। बेरोजगारी और गरीबी से निराश-हताश नौजवान कहीं-कहीं अपराध की दुनिया में जा रहे हैं। इसी कारण आत्महत्याएँ भी बढ़ती जा रही हैं।

केंद्र की नई सरकार ने प्रधानमंत्री श्री नरेंद्र मोदी की अध्यक्षता में इन सब समस्याओं के समाधान के लिए नई-नई योजनाएँ शुरू की हैं। उन सब योजनाओं के लागू होने पर गरीबी और बेरोजगारी का समाधान हो सकता है परंतु यदि आबादी इसी प्रकार बढ़ती रही तो यह डर है कि इन सब योजनाओं के लाभ को बढ़ती आबादी का दानव निगल न जाए।

दुनिया में चीन सबसे अधिक आबादी वाला देश था। गरीबी बढ़ रही थी। चीन ने गंभीरता और सख्ती से बढ़ती आबादी को रोका और आज विश्व की एक महाशक्ति बन गया है।

मैं देश के सभी धार्मिक व अन्य नेताओं से यह अपील करूँगा कि आबादी रोकना आज का सबसे बड़ा राष्ट्रीय कर्तव्य है। पूरे देश में एक सहमति बनाई जाए और राष्ट्रीय जनसंख्या नीति देश में लागू हो। सभी वर्गों पर बराबर नियम और कानून लागू हो, उससे धार्मिक नेताओं की आशंका का इलाज भी हो जाएगा और बढ़ती आबादी के प्रकोप से भारत बच जाएगा। नियम बनाएँ, कानून बनाएँ, कुछ भी करें पर बढ़ती आबादी रोकनी ही पड़ेगी। बढ़ती आबादी नहीं रोकेंगे तो बरबादी के लिए तैयार रहना पड़ेगा।

□

धर्म के नाम पर पाखंड—एक बड़ा संकट

कुछ समाचार चिंतित करते हैं परंतु कुछ समाचार चिंता के अँधेरे में धकेल देते हैं। बिहार में नकल द्वारा पास करवाने के समाचार तो कई बार आते रहे परंतु अब परीक्षा में पूरे प्रदेश में प्रथम आने वाले टॉपर फर्जी बताए जा रहे हैं। केंद्र के परिवहन मंत्री के अनुसार 30 प्रतिशत ड्राइवरों के लाइसेंस फर्जी हैं। रक्त में पानी मिलाने का समाचार भी आया है। दिल्ली में एक प्रसिद्ध अस्पताल में किडनी गिरोह के समाचार ने तो सबको दहला दिया है। गरीब लोगों को फुसलाकर कुछ हजार रु. में किडनी निकालना और फिर उसे पच्चीस लाख रु. तक में बेचना, यह सोचकर ही आँखों के सामने अँधेरा छा जाता है।

पिछले दिनों आंध्र के मुख्यमंत्री श्री चंद्र बाबू नायडू ने कहा था कि मंदिरों में बहुत अधिक चढ़ावा चढ़ने का कारण यह है कि लोगों ने अधिक पाप करने शुरू कर दिए हैं। उन्होंने एक कड़वा सच कहने की हिम्मत की है। यद्यपि यह कड़वा सच, पूरा सच नहीं है। भारत के लाखों गरीब साधारण व्यक्ति दूर-दूर से अपने आराध्य देवताओं के दर्शन के लिए जाते हैं। कई नंगे पैर चलकर आते हैं। उनकी यात्रा पूरी आस्था के साथ होती है। यद्यपि वे चढ़ावे के साथ मन्नत भी माँगते हैं पर कोई सौदेबाजी नहीं होती, अपने भगवान के सामने एक फरयाद होती है। ऐसे लाखों श्रद्धालु किसी पाप निवारण के लिए मंदिरों में नहीं आते।

मंदिर जाने वालों में इसके अतिरिक्त अधिकतर दो प्रकार के तथाकथित भक्त हैं। एक वे हैं, जो मंदिरों में कुछ–न–कुछ माँगने के लिए जाते हैं। अपनी उसी इच्छा को पूरा करने के लिए चढ़ावा भी चढ़ाते हैं। यदि चढ़ावा केवल माँग पूरी करने के लिए ही हो तो क्या यह भी रिश्वत नहीं है। यदि इच्छा पूरी हो तो धन्यवाद करने के लिए दोबारा चढ़ावा चढ़ाते हैं। यदि इच्छा पूरी न हो तो दोबारा और चढ़ावा चढ़ाकर गिले–शिकवों के साथ फिर से भगवान से कुछ माँगते हैं। तीसरे इसी प्रकार के तथाकथित भक्त भी हैं, जो अपनी बेईमानी व भ्रष्टाचार की काली कमाई में से धन्यवाद के रूप में चढ़ावा चढ़ाते हैं। लाखों–करोड़ों रु. का चढ़ावा चढ़ाने वाले अधिकतर वे लोग इसी प्रकार के है। मंदिरों में चढ़ने वाला चढ़ावा अधिकतर काला धन होता है। इसलिए बहुत से चढ़ावे का कोई हिसाब–किताब न तो रखा जा सकता है और न ही रखा जाता है। यदि ऐसे लोगों ने काले धन की कमाई में भगवान को भी हिस्सेदार बना लिया है तो देश से काले धन की कालिख कैसे मिटेगी? मंदिरों में जो भीड़ इक्कठी होती है, उसमें केवल भगवान का धन्यवाद करने वाले आभारी बहुत कम होते हैं, अधिकतर और अधिक माँगने वाले भिखारी होते हैं।

भारत बहुत प्राचीन देश है। धर्म हमारे जीवन का प्राण रहा है, पूरे देश में लगभग सब जगह धर्म के प्रवचन, कुंभ, अर्ध–कुंभ, महा–कुंभ, संत–साधु धार्मिक उपदेश—इस प्रकार के हजारों आयोजन होते रहते हैं। करोड़ों लोग इनमें भाग लेते हैं। विश्व के किसी और देश में धर्म के नाम पर इतना कुछ नहीं होता परंतु इस सब के बावजूद विश्व में जिन देशों में सबसे अधिक भ्रष्टाचार है, भारत उनमें शामिल है। धर्म के नाम पर इतना कुछ करने वाले करोड़ों लोगों को एक पवित्र जीवन जीने की प्रेरणा क्यों नहीं मिलती।

आचार्य रजनीश से जब यही सवाल पूछा गया तो उन्होंने उत्तर दिया था कि इसका कारण है कि इस देश में गंगा बहती है। सुनने वाले हैरान हुए तो आचार्यजी ने कहा था कि वर्ष में एक बार गंगा में डुबकी लगाकर लोग सोचते हैं कि सारे पाप धुल गए और नए पाप करने का लाइसेंस मिल गया।

भारत में सार्वजनिक जीवन में मूल्यों का बहुत अवमूल्यन हुआ है। बहुत कुछ पाखंड और अंधविश्वास बनता जा रहा है। पूरे देश की राजनीति वोट बैंक और छल-कपट की राजनीति बन गई है। राजनीति की तरह धर्म में भी पाखंड आ रहा है। कितने ही बड़े-बड़े संत, जिनके पीछे करोड़ों भक्त जुड़े और अरबों रुपए की संपत्ति इकट्ठी हुई, उनमें से कुछ जेलों में हैं, कुछ मुकदमे लड़ रहे हैं, कुछ जेल में बैठे-बैठे भी अपने गवाहों को मरवा रहे हैं।

विश्व के कुछ छोटे-छोटे देश, जहाँ कोई धर्म जप-तप कुंभ, अर्ध-कुंभ नहीं होता, वहाँ ईमानदारी का जीवन है और वे देश उसी कारण खुशहाल हो रहे हैं। परंतु भारत अपवाद क्यों है। यहाँ धर्म और भ्रष्टाचार व अनाचार साथ-साथ क्यों चल रहा है। कारण एक ही है कि धर्म के नाम पर व्यर्थ का कर्मकांड व पाखंड अधिक है।

यह भारत का सौभाग्य है कि इस प्रकार के वातावरण में भी श्री श्री रविशंकर, बाबा रामदेव और मुरारी बापू जैसे बहुत से धार्मिक संत सच्चे धर्म की ध्वजा फहरा रहे हैं। उसी कारण भारत की संस्कृति व धर्म आज भी सुरक्षित है।

भारत की नई पीढ़ी पश्चिमी सभ्यता से प्रभावित है। खान-पान, रहन-सहन और बोल-चाल पर पश्चिमी भौतिकवाद का प्रभाव बढ़ रहा है। अधिकतर स्थानों पर यह पीढ़ी भारत की मूल संस्कृति की जड़ों से कट रही है। धार्मिक पाखंड से जिस धर्म का चित्र उभर रहा है, उसके कारण यह पीढ़ी भारत के धर्म से बिल्कुल दूर चली जाएगी।

भारत में ऐसी बड़ी संस्थाएँ हैं, जो सचमुच हिंदू धर्म के लिए बहुत सराहनीय कार्य कर रही हैं। कुछ धार्मिक नेताओं, सच्चे साधु-संतों और इन धार्मिक संस्थाओं के कारण ही भारत का मूल धर्म सुरक्षित है। इस दृष्टि से विश्व हिंदू परिषद जैसी संस्थाएँ बहुत बड़ा महत्त्वपूर्ण काम कर रही हैं। यदि धर्म के नाम पर संत-महात्मा बनकर कोई पाखंड करता है, भोले धार्मिक लोगों को भ्रमित करता है और करोड़ों की संपत्ति इकट्ठा करता है तो विश्व हिंदू परिषद जैसी धार्मिक संस्थाएँ उनके विरुद्ध आवाज क्यों नहीं उठाती हैं। अच्छे

संत-महात्मा और अच्छी संस्थाएँ चुपचाप यह धार्मिक पाखंड क्यों देखती रहती हैं। ऐसे पाखंडी संत करोड़ों श्रद्धालुओं की भावनाओं को ठेस पहुँचाते हैं। आज हिंदू धर्म को सबसे अधिक खतरा इस प्रकार के तथाकथित पाखंडी संतों से है। भारत की संस्कृति और धर्म की रक्षा के लिए यह आवश्यक है कि देश के भोले-धार्मिक लोगों को इन पाखंडियों के चुंगल में न फँसने दिया जाए। धर्म के नाम पर होने वाले पाखंड को चुपचाप देखना भी एक अपराध है। देश के राष्ट्र कवि रामधारी सिंह दिनकर की ये पंक्तियाँ मैं उन सब के लिए कहना चाहूँगा।

"समर शेष है नहीं पाप का भागी केवल व्याध,
जो तटस्थ हैं समय लिखेगा उनका भी अपराध।"

लोग पूछते हैं, "सरकार कहाँ है ?" मैं पूछता हूँ, "समाज कहाँ है ?"

कुछ घटनाएँ घटती हैं। अखबारों में छपती हैं। टिप्पणियाँ होती हैं, चर्चा होती है और फिर धीरे-धीरे अतीत के अँधेरे में खो जाती हैं परंतु उनकी टीस संवेदनशील हृदयों में गहरे तक चुभ जाती है। वे घटनाएँ अपने पीछे कुछ सवाल छोड़ जाती हैं।

उड़ीसा के एक अस्पताल में एक गरीब आदिवासी की पत्नी का देहांत हो गया। एंबुलेंस नहीं मिली, उसने शव को कपड़े में बाँधकर कंधे पर उठाया और 8 किलोमीटर दूर अपने घर की तरफ चला, साथ में उसकी छोटी बेटी आँसू बहाते हुए चलती रही। मध्य प्रदेश में एक गरीब अपनी बीमार पत्नी को लेकर बस में बैठकर अस्पताल जा रहा था। पत्नी की बस में ही मृत्यु हो गई। ड्राइवर ने वीरान जगह पर बस खड़ी करके उस गरीब को मृतक पत्नी सहित बस से नीचे उतार दिया। उड़ीसा में एक और घटना घटी, जहाँ एक गरीब व्यक्ति अपने बेटे के इलाज के लिए घूमता रहा परंतु इलाज नहीं हुआ और बेटे ने कंधे पर ही दम तोड़ दिया। ऐसी कितनी घटनाएँ गिनाई जाएँ। रोज छपती हैं। बहुत सी घटती हैं पर छपती भी नहीं हैं।

ऐसी घटनाओं पर एकदम गुस्से से हर किसी का यही सवाल होता है, "सरकार कहाँ है।" परंतु इससे पहले यह सवाल भी उतने ही जोर से पूछा

जा सकता है, "समाज कहाँ है ?" सरकार हर समय, हर जगह उपस्थित नहीं रह सकती परंतु समाज हर जगह, हर समय उपस्थित होता है। जब उड़ीसा का गरीब आदिवासी अस्पताल से मृत पत्नी के शव को जैसे-तैसे कपड़े में बाँधकर ले जाने लगा था तो समाज कहाँ था, अस्पताल का प्रशासन कहाँ था। क्या सब का दिल पत्थर हो गया था। किसी ने आवाज क्यों नहीं उठाई, प्रशासन को मजबूर क्यों नहीं किया, लोग स्वयं भी एंबुलेंस का प्रबंध कर सकते थे। सब देखते रहे। वह गरीब अपनी मृतक पत्नी का शव उठाकर 8 किलोमीटर दूर गया। 8 वर्ष की उसकी बेटी आँसू बहाती, अपनी माँ के शव को उठाए पिता को देखती साथ चल रही थी, तो कौन कह सकता था कि वे स्वतंत्र भारत के नागरिक हैं, जो हर पाँच वर्ष के बाद अपनी सरकार बनाते हैं।

देश में अपराध बढ़ रहे हैं। दिन-दहाड़े समाज विरोधी तत्त्व किसी को कहीं भी पकड़कर पीटते हैं, मारते हैं और लोग तमाशा देखते हैं। जैसे इतिहास में कभी कुछ मुट्ठी भर विदेशी आक्रांताओं ने करोड़ों के देश भारत को गुलाम बना लिया था, वैसे ही कुछ बदमाश सैकड़ों के सामने किसी को मारते हैं, अगवा कर भाग जाते हैं। दिन-प्रतिदिन यह बीमारी बढ़ती जा रही है। सड़क पर गुस्सा नाम का नया अपराध शुरू हुआ है। कोई किसी की गाड़ी के आगे से निकला, इसी पर झगड़ा होता है और गोलियाँ चलती हैं। ऐसी ही छोटी-छोटी बातों पर अपराध और हत्याएँ हो रही हैं, जिनका अनुमान लगाना मुश्किल है। शिमला में 4 वर्ष के मासूम युग की हत्या, किसने और क्यों की, सरकार को दो वर्ष तक पता ही नहीं लगा, कैसा पानी शिमला के लोग पीते रहे, यह सब सोच दिमाग की नसें फटने लगती हैं।

परस्पर पारिवारिक संबंध भी तार-तार हो रहे हैं। धन-दौलत के लिए पिता द्वारा पुत्र और पुत्र द्वारा पिता की हत्या के समाचार रोज आने लगे हैं। ऐसा लगता है कि धन व दौलत का लालच अब एक पागलपन बनता जा रहा है। संबंध, प्यार, रिश्ता-संवेदना धीरे-धीरे सब पथरा रहे हैं। पंजाब-हरियाणा हाईकोर्ट के अवकाश-प्राप्त मुख्य न्यायाधीश ने कुछ समय पहले हाईकोर्ट में प्रार्थना-पत्र दिया, जिसमें कहा गया था, 'मुझे मेरे बेटे और बहू से बचाया जाए।' एक पूर्व

न्यायाधीश न्याय के लिए हाईकोर्ट गया। वह भी अपने पुत्र के विरुद्ध।

भारत जैसे अत्यंत धार्मिक और आध्यात्मिक देश में यह स्थिति अत्यंत चिंताजनक लगती है। जिस देश के धर्म के मर्म में यह सिखाया गया है कि हर इनसान में भगवान है, उस देश के पिता–पुत्र व माँ–बेटे के बीच में धन–दौलत के लिए होने वाली हत्याएँ अत्यंत दुर्भाग्यपूर्ण हैं।

विश्व में ऐसा कोई देश नहीं, जिसमें भारत की तरह धर्म, अध्यात्म, कथा–कीर्तन, कुंभ–महाकुंभ और जप–तप होते हों। पूरे देश में करोड़ों लोग किसी–न–किसी रूप में धर्म के काम में लगे हुए हैं। गंगा जल लेकर चले काँवड़ियों की भीड़ बढ़ती जा रही है। हर प्रकार के धार्मिक आयोजनों में प्रतिदिन संख्या बढ़ रही है। मंदिरों में आने वाले भक्तों की संख्या और मंदिरों में आने वाला चढ़ावा कई गुना बढ़ने लगा है। यह सब सोचकर हैरानी होती है कि ये करोड़ों लोग धर्म का सारा कार्य करते हुए अच्छा काम करने की प्रेरणा क्यों प्राप्त नहीं करते, क्या धर्म केवल दिखावा बनकर रह गया है, क्या धर्म एक धंधा या रस्म अदायगी बनकर रह गया है?

कुछ समय पूर्व आंध्र प्रदेश के मुख्यमंत्री चंद्र बाबू नायडू ने मंदिरों में भक्तों की बढ़ती भीड़ और मंदिरों के चढ़ावे में हुई वृद्धि के बारे में कठोर पर सच्ची टिप्पणी की थी। उन्होंने जोर देकर कहा था कि लोगों ने अब अधिक पाप करना शुरू कर दिया है, इसलिए भीड़ भी बढ़ रही है और चढ़ावा भी बढ़ रहा है। उस समय उनकी बात बहुत से लोगों को कड़वी लगी परंतु यदि धरती की सच्चाई को देखें तो यह बात काफी ठीक लगती है। लोग पाप का रास्ता अपनाकर भ्रष्टाचार और बेईमानी से रातोरात अमीर हो जाते हैं और उस सबके लिए मंदिरों में जाने शुरू हो गए हैं। एक तरफ भारत में दुनिया में सबसे अधिक धर्म, पूजा–पाठ, जप–तप, प्रवचन, कुंभ–महाकुंभ और दूसरी तरफ दुनिया के सबसे भ्रष्ट देशों में भारत का नाम। ये दोनों बातें एक साथ क्यों हैं?

उड़ीसा में एक गरीब आदिवासी जब अपनी मृतक पत्नी के शव को फटे–पुराने कपड़ों में लपेटकर अपने कंधों पर रख रहा था और उसकी 8 वर्ष की बेटी फूट–फूटकर रो रही थी तो सामने देखने वाले बहु से लोग ऐसे

रहे होंगे, जो सुबह मंदिर गए होंगे, कुछ ने कुंभ, महाकुंभ का स्नान किया होगा। कुछ ने उसी सुबह घर में बड़ी-बड़ी घंटियाँ बजाई होंगी। क्या अर्थ रह गया इस धर्म का, इस पूजा का। क्या सब पाखंड नहीं बन गया, जिस देश में दधीचि ने पाप के नाश के लिए अपनी अस्थियाँ तक दे दी थीं, उस देश में मानवता का यह अपमान समझ में नहीं आता।

यह ठीक है, हर समाज में, हर समय अच्छे व बुरे दोनों रहते हैं। पर समाज उनमें एक ऐसा संतुलन बनाकर रखता है, जिससे जीवन सुखपूर्वक चलता है। आज भी अच्छे-सच्चे धार्मिक लोग अवश्य हैं पर वे संख्या में प्रतिदिन कम हो रहे हैं, बुरे संख्या में बहुत बढ़ रहे हैं। उन्हीं का बोलबोला हो रहा है। एक विचारक ने कहा है कि कोई समाज बुरे लोगों के कारण नष्ट नहीं होता, अपितु अच्छे लोगों के निष्क्रिय होने के कारण नष्ट होता है। आज यही हो रहा है। इस सबके लिए सरकार तो जिम्मेदार है ही पर सरकार भी तो समाज ही बनाता है। समाज जागे, तभी सरकार भी जगाई जा सकती है।

भारत के सभी संत-महात्मा देश को एक बार फिर से धर्म का सही अर्थ समझाएँ। भारत का धर्म हर इनसान में भगवान को देखता है। दीन-दुःखी की सेवा ही भगवान की सबसे बड़ी पूजा है। एक दिन गंगा स्नान से पाप नहीं धुलता, बल्कि पापी व्यक्ति के संपर्क से गंगा जल अपवित्र होता है। भगवान ईंट-पत्थरों के मंदिरों में ही नहीं है, अपितु हर दीन-दरिद्र रोगी व्यक्ति में है। वेद, उपनिषद्, गीता का यही सही निचोड़ है। मठों में विराजमान धार्मिक नेता लोगों के पास जाएँ और हिंदू धर्म समझाएँ, तभी भारत, भारत बनेगा।

□

नोटबंदी एक समुद्र मंथन— अमृत भी, विष भी, विष पीना होगा

16 नवंबर से संसद का सत्र था। पूरा एक महीना दिल्ली रहकर हम सब सांसद अपने-अपने घर लौट आए। देश के गरीबों के करोड़ों रुपए संसद के काम पर खर्च हो गए। संसद में शोर, नारेबाजी, हाय-हाय और हू-हू के अलावा और कुछ नहीं हुआ। यह सब भारतीय लोकतंत्र के माथे पर एक बहुत बड़ा कलंक है।

देश के इतिहास में पहली बार समाज के महारोग भ्रष्टाचार को समाप्त करने के लिए एक बहुत बड़ा प्रहार किया गया। भ्रष्टाचारी छटपटाने लगे, ईमानदार समर्थन करने लगे। इतने बड़े नोटबंदी के फैसले से कुछ परेशानियाँ भी पैदा हुईं। पूरा देश एक नाजुक दौर से गुजरता रहा। संसद चलती रही परंतु संसद में इस सारे विषय पर बहस और चर्चा नहीं हुई। लोकतंत्र का तकाजा तो यह था कि विपक्ष आलोचना करता, रचनात्मक सुझाव देता। सरकार अपना पक्ष रखती, विपक्ष के सुझाव पर विचार करती परंतु ऐसा कुछ भी नहीं हुआ।

देश में बढ़ती गरीबी, भुखमरी, आर्थिक विषमता, अपराध, नशा और आतंकवाद का सबसे बड़ा कारण भ्रष्टाचार है। दस साल लगातार कांग्रेस का शासन रहा। करोड़ों रुपए के घोटाले होते रहे परंतु भ्रष्टाचार रोकने का कोई प्रयत्न नहीं हुआ। सर्वोच्च न्यायालय के सामने काले धन का मामला आया तो उन्होंने सुझाव दिया कि सरकार इस विषय पर एक विशेष जाँच एजेंसी बनाए। सर्वोच्च न्यायालय दो वर्ष तक कांग्रेस सरकार से आग्रह करता रहा लेकिन

एजेंसी नहीं बनाई गई। 2014 में भाजपा सरकार बनी तो सबसे पहले सर्वोच्च न्यायालय के सुझाव पर जाँच एजेंसी बनाई गई। काले धन का सबसे अधिक उपयोग बेनामी सौदों में होता है। सब तरफ से जोर देने पर कांग्रेस सरकार ने बेनामी सौदों को रोकने के लिए कानून तो बनाया परंतु कई वर्षों तक न तो उसकी अधिसूचना जारी की और न ही उसे लागू किया। भाजपा की सरकार ने उसे लागू करने के लिए सब प्रकार की औपचारिकताएँ पूरी की हैं।

8 नवंबर को नोटबंदी का ऐतिहासिक और साहस से भरा निर्णय किया गया। भारत जैसे देश में अचानक इतना बड़ा निर्णय सचमुच जोखिम से भरा हुआ था। उसके कारण आम लोगों को परेशानी का अनुभव भी करना पड़ा। श्री नरेंद्र मोदी का यह निर्णय कितना सफल हुआ, इसकी पूरी समीक्षा तो 6 मास के बाद की जा सकेगी परंतु इस निर्णय के बाद कुछ महत्त्वपूर्ण और कड़वे अनुभव सामने आए है। जिन बैंकों के द्वारा सरकार के इस निर्णय को लागू किया जाना था, उन्हीं के कुछ भ्रष्ट लोगों ने इस निर्णय को विफल करने की कोशिश की। आम आदमी तो एक सप्ताह में केवल 24,000 रु. बैंक से निकाल सकता था परंतु कुछ भ्रष्ट बैंक कर्मचारियों के द्वारा कुछ भ्रष्ट लोगों के पास सैकड़ों करोड़ रुपए के नए नोट पहुँच गए। प्रतिदिन ऐसे लोगों के पकड़े जाने के समाचार मिल रहे हैं। एक बात ध्यान देने योग्य है कि ये पकड़े गए मामले 5 प्रतिशत से अधिक नहीं हैं। इससे अनुमान लगाया जा सकता है कि इस भ्रष्टाचार को मिटाने के काम में भी कितना बड़ा भ्रष्टाचार हो रहा है। लाइनों में खड़े लोगों को जो नकद धन दिया जाना था, वह बैंकों से सीधा ही करोड़ों रुपए बाहर चला गया। लाइनों में खड़े लोग परेशान होते रहे।

नोटबंदी के इस निर्णय से यह भी सिद्ध हो गया कि देश के भ्रष्ट और बेईमान लोग कुछ मामलों में सरकार से अधिक चतुर और योग्य हैं। नए नोट आए नहीं और जाली नोट छपने लगे। यह भी सिद्ध हुआ है कि देश में भ्रष्टाचार की जड़ें बहुत ही गहरी हैं, उन्हें मिटाने के लिए इसी प्रकार के और कई प्रहार करने पड़ेंगे। भ्रष्टाचार मिटाने के काम में भी भ्रष्टाचारियों ने इतना बड़ा भ्रष्टाचार करके दिखा दिया।

प्रश्न यह नहीं है कि नोटबंदी का निर्णय पूरी तरह सफल हुआ या नहीं हुआ। महत्त्वपूर्ण प्रश्न यह है कि श्री नरेंद्र मोदी ने देश के इस महारोग को समाप्त करने के लिए ठीक नीयत से और पूरी हिम्मत से प्रहार करने का साहस किया। इस निर्णय को लागू करने में कुछ गलतियाँ रही होंगी। बहुत सी कमियों की भी समीक्षा होगी परंतु पहली बार निर्णय लेने का साहस तो किया गया।

आज से तीन वर्ष पहले राष्ट्रसंघ के अधिवेशन में भाग लेने के लिए मैं संसद के एक शिष्ट मंडल में न्यूयॉर्क गया था। 15 दिन वहाँ रहा। मुझे चार बार राष्ट्रसंघ की सभा में बोलने का मौका मिला। पहली बार मेरे बोलने से पहले स्विट्जरलैंड के प्रतिनिधि के बोलने की बारी थी। चर्चा भ्रष्टाचार पर हो रही थी। मैं तैयारी कर रहा था, उनकी बातों का उत्तर देने की परंतु उनका भाषण सुनकर मैं हैरान हो गया। प्रतिनिधि ने अपने भाषण में कहा कि उन्हें इस बात का दु:ख है कि दुनिया के कुछ भ्रष्ट लोगों ने उनके देश के बैंकों में अपना काला धन रखा है। उसने कहा कि राष्ट्रसंघ के काले धन को समाप्त करने के प्रस्ताव से वे पूरी तरह से सहमत हैं। इतना ही नहीं, उन्होंने कहा कि वे ऐसे सब देशों का धन वापस करके इस कलंक को मिटाना चाहते हैं। उन्होंने कहा, राष्ट्रसंघ के उस प्रस्ताव के अनुसार जो देश अपना धन वापस लेना चाहेगा, उसे धन वापस दिया जाएगा। न्यूयॉर्क से लौटने पर मैंने उस समय के प्रधानमंत्री श्री मनमोहन सिंहजी को पत्र लिखा। स्विस प्रतिनिधि के भाषण की प्रति भी भेजी और उनसे यह आग्रह किया कि वे उस देश के बैंकों में जमा धन को वापस लाने का प्रयत्न करें।

दुनिया के बहुत से देशों ने उसके बाद स्विस बैंकों से धन वापस लिया। बहुत से देशों में भ्रष्टाचारी पकड़े गए। जर्मनी में जब हिटलर ने यहूदियों पर अत्याचार किए थे तो उस समय के कुछ यहूदी परिवारों ने अपना धन स्विस बैंकों में जमा करवा दिया था। अमेरिका के ऐसे परिवार के लोगों ने संस्था बनाई। सरकार से माँग की और अमेरिका ने हिटलर के समय का यहूदियों का वह धन स्विस बैंक से वापस लिया। भारत ने इस दिशा में कुछ नहीं किया।

राष्ट्रसंघ के प्रस्ताव के अनुसार धन वापस लेने के लिए उन लोगों के विरुद्ध कानूनी कारवाई की आवश्यकता थी और उसके लिए भारत सरकार तैयार नहीं थी।

नोटबंदी के निर्णय का सबसे महत्त्वपूर्ण पक्ष यही है कि पहली बार भ्रष्टाचार के महारोग को समाप्त करने का एक कठिन और कठोर निर्णय श्री नरेंद्र मोदी ने लिया है। ऐसा निर्णय लेने पर कई बार विचार हुआ था परंतु कोई भी इतना साहस नहीं जुटा सका। भारत में भ्रष्टाचार की जड़ें बहुत गहरी हैं, उसे समाप्त करने की लड़ाई बहुत लंबी है। कुछ कड़वे अनुभव होंगे, कुछ कमियाँ रहेंगी परंतु यह लड़ाई जारी रखनी पड़ेगी।

मैं और मेरी धर्मपत्नी अपनी तीन नई पुस्तकें देने के लिए प्रधानमंत्रीजी से मिलने गए। पुस्तकें भेंट करते समय श्री नरेंद्र मोदी ने मेरी दोनों पुस्तकें पकड़ लीं। मेरी धर्मपत्नी के हाथों में अपनी पुस्तक थी। मैंने श्री नरेंद्र मोदीजी से कहा, संतोष की पुस्तक को भी हाथ लगाएँ, नहीं तो वह मुझसे नाराज हो जाएगी। सुनते ही श्री मोदीजी उन्मुक्त हँसी हँसने लगे। हम तीनों उस गंभीर वातावरण में लोट-पोट हो गए। वहाँ से जाने के पहले मैंने कहा कि इन दिनों समाचार-पत्रों में बहुत कुछ लिखा जा रहा है। पंजाब केसरी में एक कविता छपी है। मैं उसे आपको देना चाहता हूँ। श्री नरेंद्र मोदीजी ने मुझे कविता पढ़कर सुनाने को कहा। मैं कविता सुनाता रहा, वे सुनते रहे और उनकी आँखें सजल हो गईं। मैं पाठकों को भी वह कविता पढ़ाना चाहता हूँ—

एक व्यक्ति 350 सांसद होने के बावजदू देश के सामने हाथ जोड़कर समर्थन माँग रहा है। किस बात के लिए?

देश के काले धन की व्यवस्था
खत्म करने के लिए।
विश्व भर में घूम-घूमकर
भारतवासियों से सहायता माँग रहा है।
20 घंटे काम कर रहा है।
होली, दीपावली, ईद सैनिकों के बीच मना रहा है।

3 साल से आपकी छोटी–छोटी बातों पर मन की
बात कह रहा है।
जिसकी माँ छोटे से कमरे में
रहती है और भाई किराना की
दुकान चलाता हो,
क्या चाहते हैं आप?
किस पैगंबर की तलाश है?
एक बात जान लीजिए यदि
मोदीजी आतंकवाद, काला धन,
भ्रष्टाचार नहीं खत्म कर पाए तो
कोई माई का लाल कर भी नहीं पाएगा। वही जंतर–मंतर
पर कैंडिल लेकर
चक्कर काटोगे।
नजरों का फर्क है साहब
देश की गरीब जनता नोट बदलने के लिए नहीं
देश बदलने के लिए लाइन में खड़ी है।

□

बहुराष्ट्रीय दवा कंपनियों के बंधन से अब देश मुक्त होगा

प्रधानमंत्री श्री नरेंद्र मोदी ने डॉक्टरों को जेनरिक दवाइयाँ लिखने के लिए कानून बनाने की घोषणा कर एक ऐतिहासिक और क्रांतिकारी निर्णय लिया है। वर्तमान सरकार की कोशिश है कि जेनरिक दवाइयों के माध्यम से गरीबों और जरूरतमंदों को सस्ती दवाइयाँ मिलें। वास्तव में वर्तमान सरकार गरीबों को सस्ता इलाज दिलाने के पक्ष में है। इसी कारण जेनरिक दवाओं के लिए कानून बनाने की तैयारी की जा रही है। सरकार ने इससे पहले 40 हजार का स्टंट 7 हजार में कर गरीब और जरूरतमंदों को राहत प्रदान की है।

भारत जैसे देश में जहाँ 75 करोड़ लोग ऐसे हैं, जो केवल एक हजार रुपए मासिक पर जीवनयापन कर रहे हैं, दवाई खरीदना कठिन ही नहीं, बल्कि पहुँच से बाहर है। हमारे देश के गरीब लोगों द्वारा कमाई गई राशि का 70 प्रतिशत व्यय महँगी दवाइयों पर होता है और इसमें से 40 प्रतिशत केवल ब्रांडेड महँगी दवाइयों पर ही खर्च हो जाता है।

वर्ष 2011 में वाणिज्य समिति के अध्यक्ष के रूप में मुझे जेनरिक दवाइयों के बारे में जानकारी मिली और इस संबंध में और अधिक जानकारी प्राप्त करने की मेरी इच्छा बढ़ी और मेरी अध्यक्षता में वाणिज्य पर राज्यसभा की स्थायी समिति द्वारा दो वर्षों के गहन अध्ययन के बाद अगस्त 2013 में, 'दवाई उद्योग में विदेशी निवेश' पर एक रिपोर्ट संसद में प्रस्तुत की गई।

वास्तव में किसी दवा को रासायनिक/जेनरिक, ए ब्रांडेड जेनरिक और पेटेंट दवाओं के रूप में वर्गीकृत किया जाता है। रासायनिक नाम दवा की परमाणु और आणविक संरचना के बारे में बताता है और सामान्य उपयोग के लिए यह बहुत ही जटिल होता है। अत: आधिकारिक निकाय उस दवा को जेनरिक नाम प्रदान करता है। जब एक दवा को पैक किया जाता है, उसे निर्माता या वितरक द्वारा एक ब्रैंड का नाम दिया जाता है तो जेनरिक दवा ब्रांडेड जेनरिक दवा बन जाती है। पेटेंट दवा वह होती है, जिसमे पेटेंट प्राप्त करने वाले को 20 वर्षों के लिए उस दवा का विनिर्माण और विभाजन करने के एकनिष्ठ अधिकार प्राप्त हो जाते हैं। जैसे ही पेटेंट की अवधि समाप्त हो जाती है, अन्य विनिर्माता उन्हें जेनरिक दवाओं के रूप में उत्पादित कर सकते हैं और उनको बाजार में बेच सकते हैं।

बहुराष्ट्रीय दवा कंपनियों ने हमारे देश में ब्रांडेड दवाइयों के नाम पर इतनी अधिक लूट मचाई हुई है थी कि इस दुश्चक्र से देश की जनता को बाहर निकलना सरकार के लिए बिना कोई कानून बनाए मुश्किल हो रहा था। प्रधानमंत्री का यह निर्णय, जहाँ चिकित्सा में एक क्रांतिकारी परिवर्तन लाएगा, वहाँ देश के जेनरिक दवा उद्योग को भी बढ़ावा देगा।

भारत का दवा उद्योग विश्व भर में अपनी पहचान रखता है। दवाइयों के निर्माण में विश्व में भारत का तीसरा स्थान है। सातवें दशक से भारत को 'विश्व की फार्मेसी' का खिताब दिया गया है। वर्ष 1970 से पहले घरेलू बाजार में दवाइयों के निर्माण की 2000 कंपनियाँ थीं, जिन पर मुख्यत: बहुराष्ट्रीय कंपनियों का प्रभुत्व था। 1991 में आर्थिक सुधारों की प्रक्रिया प्रारंभ होने के बाद बहुराष्ट्रीय कंपनियों का हिस्सा घटकर 15 प्रतिशत रह गया और इस प्रक्रिया से दवाइयों के थोक उत्पादन में बढ़ोतरी हुई और इस उद्योग की विकास दर 15-16 प्रतिशत वार्षिक बढ़ने लगी। आज भी अमेरिका-यूरोप जैसे 200 से अधिक देशों में भारत से लगभग 40,000 करोड़ रुपए की दवाइयों, वैक्सीन तथा बायोफार्म उत्पादों का निर्यात होता है। इसके अतिरिक्त 58,000 करोड़ रुपए की दवाइयों की खपत घरेलू

बाजार में होती है। यूनिसेफ, जो विकासशील देशों में दवाइयों के वितरण का कार्य करता है, भी 50 प्रतिशत से अधिक आवश्यक दवाइयाँ भारत से खरीदता है। अंतरराष्ट्रीय डिस्पेंसरी एसोसिएशन द्वारा भी 75-80 प्रतिशत दवाइयाँ भारत से ही खरीदी जाती हैं।

वास्तव में विकासशील देशों के गरीब रोगी जेनरिक दवाइयों के लिए भारत की दवाइयों पर ही निर्भर करते हैं।

बहुराष्ट्रीय दवा कंपनियाँ भारत जैसे देशों में अपनी ब्रांडेड दवाइयाँ बेचने के लिए भारत के जेनरिक दवाई उद्योग को खरीदकर और अपना एकाधिकार स्थापित कर, उसे तबाह करना चाहती हैं। भारत की डाबर और रेनबेक्सी जैसी प्रसिद्ध कंपनियों को विदेशी कंपनियों ने खरीद लिया है और यदि यही सिलसिला चलता रहा तो भारतीय दवा उद्योग पर विदेशी कंपनियों का एकाधिकार हो जाएगा। वास्तव में ब्रांडेड और जेनरिक दवाइयों के मूल्य में भारी अंतर होता है। यह कुछ ब्रांडेड और जेनरिक दवाइयों के मूल्य में भारी अंतर से समझा जा सकता है। दर्दनिवारक के रूप में प्रयुक्त पैरासिटामोल जेनरिक उत्पाद की कीमत 2.45 पैसे है, जबकि ब्रांडेड दवा क्रोसिन की कीमत 11 रुपए है। इसी प्रकार विटामिन बी-काम्प्लेक्स की एक गोली 1.80 रुपए है, जबकि बीकासूल की कीमत 11 रुपए है।

वाणिज्य पर राज्यसभा की स्थायी समिति ने दो वर्षों के गहन अध्ययन के बाद अगस्त 2013 में 'दवाई उद्योग में विदेशी निवेश' पर एक रिपोर्ट संसद में प्रस्तुत की थी। इस रिपोर्ट के पैरा 3.8 में समिति ने अनुशंसा की थी कि "देश में जेनरिक दवाइयों की गुणवत्ता को व्यापक रूप से बढ़ावा दिए जाने की आवश्यकता है क्योंकि जेनरिक दवाइयाँ ब्रांडेड दवाइयों की तरह ही कारगर होती हैं और ब्रांडेड दवाइयों के मुकाबले में बहुत सस्ती होती हैं, इसलिए सरकार को देशी जेनरिक दवाइयों के उद्योग को बचाने के लिए सभी उपाय करने चाहिए। यह इसलिए भी जरूरी हो जाता है कि हमारी जनसंख्या का बहुत बड़ा हिस्सा दवाइयों की उच्च लागत के कारण उपचार से वंचित रह जाता है।" समिति ने अनुशंसा में यह भी कहा है कि "बिना

ब्रांड वाली जेनरिक दवाइयाँ हमारे देश के करोड़ों लोगों के साथ-साथ विश्व के अन्य भागों में भी एकमात्र उम्मीद हैं। कोई भी नीति, जो हमारे देश की जेनरिक क्षमता को किंचित भी प्रतिकूल रूप से प्रभावित करती है, उसे छोड़ देना चाहिए।"

समिति का मानना था कि देश में बिना ब्रांड वाली जेनरिक दवाइयों की खपत को ही बढ़ावा दिया जाना चाहिए।

समिति ने अपने दो वर्ष के गहन अध्ययन में यह निष्कर्ष निकाला कि सरकार ने इस कार्य का दायित्व भारतीय चिकित्सा परिषद (एम.सी.आई.) को दिया है, जो पर्याप्त नहीं है। समिति ने इसलिए सिफारिश की थी कि सरकार को ऐसा कानून बनाना चाहिए, जिससे डॉक्टर रोगी की परची पर जेनरिक दवाइयाँ ही लिखें और सरकार डॉक्टरों के लिए जेनरिक दवाइयाँ लिखना कानूनी रूप से जरूरी कर दे। वास्तव में डॉक्टरों और इन बहुराष्ट्रीय दवाई कंपनियों की मिलीभगत से पिछले कई वर्षों से देशवासियों को लूटा जा रहा था और पिछले दिनों मैं जेनरिक दवाइयों के प्रयोग को कानूनी बाध्यता देने के लिए निरंतर प्रयासरत रहा। तत्कालीन कांग्रेस सरकार के स्वास्थ्य मंत्री गुलामनबी आजाद से भी इस संबंध में पत्र द्वारा निरंतर अनुरोध किया जाता रहा लेकिन कुछ नहीं हुआ। वर्ष 2014 में लोकसभा में आने के बाद मैंने प्रधानमंत्री नरेंद्र मोदीजी को और स्वास्थ्य मंत्री जगत प्रकाश नड्डाजी से जेनरिक दवाइयों के प्रयोग का मामला निजी रूप से उठाया। मुझे प्रसन्नता है, सरकार ने समिति की अनुशंसा पर डॉक्टरों को कानूनी तौर पर जेनरिक दवाइयाँ लिखने के लिए कानून बनाने का निर्णय लिया है। रोगी-परची में जेनरिक दवाइयाँ लिखने से न केवल देश के घरेलू दवाई उद्योग को, जो छोटी और मध्यम इकाइयों से मिलकर बना है, बढ़ावा मिलेगा, बल्कि इस कानून से सही मायनों में जरूरतमंदों तक दवाइयों की पहुँच भी सुनिश्चित होगी।

इस निर्णय से देश बहुराष्ट्रीय दवाई कंपनियों के बंधन से मुक्त हो जाएगा। जिस तरह ये कंपनियाँ हमारे देश को पिछले छह दशकों से लूट रही थीं, वह हैरतअंगेज था। बायर द्वारा कैंसर-रोधी दवाई सोराफनिब का मासिक

पैक 2,80,000 रुपए का बेचा जाता था। भारत में हैदराबाद की दवाई कंपनी नाट्को ने आवश्यक लाइसेंसिंग के अंतर्गत यही दवाई 8,800 रुपए की बनाई है। इस तरह के उदाहरण बहुत सी दवाइयों को लेकर दिए गए हैं।

मुझे पूर्ण विश्वास है, जब यह कानून बन जाएगा, प्रधानमंत्री आदरणीय नरेंद्र मोदी का यह संकल्प कि जरूरतमंद को 300 रुपए की दवाई 30 रुपए में मिले, अवश्यमेव पूर्ण होगा।

□

किसान बेहाल—कर्ज माफी इलाज नहीं, अब चाहिए स्थायी समाधान

स्वतंत्र भारत के आर्थिक विकास की बड़ी त्रासदी यह रही है कि सबसे महत्त्वपूर्ण कृषि क्षेत्र अधिक उपेक्षित रहा है। सबसे महत्त्वपूर्ण और कठिन काम किसान करता है और दयनीय स्थिति भी किसान की है। गरीब-विवश किसान ऋण की स्थिति में आत्महत्याएँ कर रहा था, अब संघर्ष के रास्ते पर निकल पड़ा है।

इसका क्या कारण है कि अधिकतर किसान ही आत्महत्या करते हैं। सैकड़ों उद्योगपतियों ने कई लाख-करोड़ रुपए का उधार लिया लेकिन वापस नहीं किया। उसे बैंकों ने बट्टे खाते में डाल दिया। विजय माल्या जैसे उद्योगपति विदेशों में ऐश कर रहे हैं। कभी किसी उद्योगपति को बुखार तक नहीं आया परंतु देश के तीन लाख 50 हजार किसान आत्महत्या कर चुके हैं और लगातार कर रहे हैं।

विश्व के अधिकतर देशों में खेती लाभ का व्यवसाय नहीं है। उसमें सामाजिक स्तर भी नहीं है परंतु कृषि और अन्न के बिना कोई देश जी नहीं सकता। इसलिए विश्व के अधिकतर देशों में किसान को खेत पर लगाए और टिकाए रखने के लिए सीधी आय सहायता दी जाती है। यहाँ तक कि अमेरिका की सरकार भी अपने किसानों को सीधे इनपुट सब्सिडी के रूप में बहुत अधिक मदद करती है।

केंद्र की नई सरकार ने किसानों के हित में बहुत सी नई योजनाएँ शुरू

की हैं। उन सब योजनाओं का लाभ प्राप्त करने में समय लगेगा। भारत के किसानों की समस्या का समाधान करने के लिए वे सब योजनाएँ पर्याप्त भी नहीं हैं। कुछ और विशेष करना होगा। कभी-कभी किसानों को कर्ज माफ करना कोई समाधान नहीं है। इससे देश की आर्थिक स्थिति और खराब हो जाएगी।

न्यूनतम मूल्य तय करके सरकार किसानों से अनाज खरीदने में हजारों करोड़ रुपए खर्च करती है। उस योजना की कड़वी सच्चाई यह है कि केवल 6 प्रतिशत किसान ही सरकार को अनाज बेच पाते हैं। छोटे व मझोले किसान मंडी तक पहुँचते ही नहीं हैं।

भारत सरकार ने मेरी अध्यक्षता में खाद्य निगम के संबंध में एक उच्च स्तरीय समिति बनाई थी। मेरे साथ श्री अशोक गुलाटी जैसे प्रसिद्ध कृषि वैज्ञानिक थे। हमने बड़े विस्तार से इन सारी समस्याओं पर विचार किया और दो वर्ष पहले सरकार को इस संबंध में रिपोर्ट दी थी। उस रिपोर्ट में खाद्य वितरण व्यवस्था तथा खाद सब्सिडी में सुधार करके किसानों को सीधे आय सहायता की सिफारिश की थी।

किसानों को सीधे आय सहायता देने के लिए सरकार एक विशेष किसान आय सहायता कोष बनाए।

खाद्य सुरक्षा कार्यक्रम में देश के लगभग 75 प्रतिशत लोगों को सस्ता अनाज दिया जाता है। मंडियों से अनाज खरीदने, ले जाने और रख-रखाव करने में भयंकर फिजूलखर्ची और भ्रष्टाचार होता है। योजना आयोग की एक विशेषज्ञ समिति की रिपोर्ट के अनुसार किसान से एक रु. का अनाज खरीदकर उसे उपभोक्ता तक पहुँचाने में सरकार के तीन रु. खर्च होते हैं। वितरण व्यवस्था में लगभग 25 प्रतिशत अनाज रास्ते में चोरी हो जाता है। खाद्य निगम में भ्रष्टाचार की सीमा यह है कि कुछ मजूदर 3 लाख रुपए मासिक तक वेतन पाते हैं। इसलिए कमेटी ने यह सुझाव दिया था कि उपभोक्ता को सीधे नगद सहायता उसके खाते में जमा करवाई जाए। सरकार ने प्रयोग के तौर पर इस योजना को शुरू भी किया परंतु योजना आगे नहीं बढ़ी। इससे पूरी वितरण

व्यवस्था में होने वाली फिजूल खर्ची और भ्रष्टाचार समाप्त होगा। प्रत्येक उपभोक्ता को पूरी सहायता नकद उसके खाते में जमा हो जाएगी। इससे सरकार को 40 हजार करोड़ रु. की बचत होगी। इसे किसान सहायता कोष में जमा किया जाए।

जिन 75 प्रतिशत लोगों को सस्ता राशन दिया जाता है, उनमें करोड़ों ऐसे लोग हैं, जिनके अपने खेतों में भी अनाज पैदा होता है और सरकार से भी सस्ता राशन मिलता है। वे सस्ता राशन स्वयं उपयोग करते हैं और अपनी उपज महँगे भाव से सरकार को बेचते हैं। 2 रुपए किलो गेहूँ लेकर सरकार को 16 रुपए में बेचते हैं। सरकार से सस्ता लेकर सरकार को ही महँगा बेचते हैं। कुछ प्रदेशों में बड़े किसान इन छोटे उपभोक्ताओं से राशन इकट्ठा करते हैं और सरकार को बेचकर लाभ कमाते हैं। इस व्यवस्था से इस प्रकार एक नया भ्रष्टाचार हो रहा है और उपज के आँकड़े भी गलत हो रहे हैं। उपभोक्ता को सीधे नगद सहायता देने से दोनों गलतियाँ ठीक हो जाएँगी।

अनाज खरीदने का काम राज्य सरकारों को दिया जाए। वे बफर स्टॉक की आवश्यकता के अनुसार ही अनाज खरीदें।

सरकार प्रति वर्ष लगभग 70 हजार करोड़ रु. की खाद सब्सिडी देती है। यह धन बड़ी-बड़ी कंपनियों को जाता है। किसानों को लाभ बहुत कम होता है। कमेटी ने यह सुझाव दिया था कि यह 70 हजार करोड़ रु. भी किसान नगद सहायता कोष में जमा किए जाएँ। इससे किसान जैविक खेती की ओर भी प्रवृत्त होंगे।

देश में लगभग 30 प्रतिशत लोग गरीबी की रेखा से नीचे रहते हैं। 75 प्रतिशत लोगों को सस्ता अनाज देने की आवश्यकता नहीं है। इनमें बहुत से संपन्न वर्ग के लोग हैं, जो अपना राशन लेते भी नहीं हैं। अधिक-से-अधिक 50 प्रतिशत गरीब लोगों को सस्ता राशन मिलना चाहिए। इससे भी जो बचत होगी, वह किसान नगद सहायता कोष में जमा होना चाहिए।

देश के किसानों में बदहाली और उसमें आंदोलन से उत्पन्न स्थिति अत्यंत चिंताजनक है। उनकी सहायता के लिए सरकार पूरे देश का आह्वान

करे। एक विशेष नया उप-कर लगाए और इसे भी किसान नगद सहायता कोष में डाले।

देश में लगभग 9 करोड़ किसान परिवार हैं। अमीर किसानों को छोड़कर छोटे और मँझले सभी किसानों को प्रति वर्ष नगद सहायता सीधे उनके खाते में जमा करवा दी जाए। इससे किसानों को कर्ज माफी से भी अधिक राहत मिलेगी क्योंकि यह सहायता उन्हें प्रति वर्ष दी जाएगी। यदि अमेरिका जैसा देश इस प्रकार की सहायता देता है तो भारत को भी यह सहायता देनी चाहिए।

कर्ज माफी का सीधा बोझ सरकारों पर पड़ता है। पूरे देश में जिस प्रकार का आंदोलन और माँग हो रही है यदि सभी प्रदेशों को कर्ज माफ करने पड़े तो पहले से ही उधार में दबे प्रदेशों की आर्थिक व्यवस्था चरमरा जाएगी। देश के पूर्व वित्त मंत्री श्री अरुण जेटली ने साफ कह दिया था कि वे कर्ज माफी के लिए किसी प्रदेश की सहायता नहीं करेंगे। यह कर्ज माफी देश की अर्थव्यवस्था पर गहरा आघात होगा।

किसानों के नगद सहायता कोष बनाने के लिए जो चार उपाय बताए हैं, उनमें से किसी का भी सीधा बोझ सरकार पर नहीं होगा। भ्रष्टाचार, फिजूलखर्ची रोककर और एक उप-कर ही लगाकर इस कोष का निर्माण किया जा सकता है। यह स्थायी व्यवस्था होगी। किसान को बड़ी राहत होगी।

आजाद भारत में आजादी के 70 साल के बाद भी अन्नदाता किसान आत्महत्या करे, यह अत्यंत दुर्भाग्यपूर्ण है। अब छोटी-छोटी दवाई से इस रोग का इलाज नहीं होगा। पूरी व्यवस्था को बदलना पड़ेगा। किसान को स्थायी सहायता भी मिले और देश की आर्थिक व्यवस्था पर अनावश्यक बोझ भी न पड़े।

□

यह हिंदुत्व नहीं है

श्री नरेंद्र मोदी ने प्रधानमंत्री चुने जाने के बाद अपने सबसे पहले भाषण में कहा था, "हमारी सरकार देश के गरीबों को समर्पित होगी।" पूरे देश के बुद्धिजीवियों ने इस समर्पण का स्वागत किया था। भारत में विकास हुआ परंतु सामाजिक न्याय नहीं हुआ। आज भारत विश्व के 12 अमीर देशों में शामिल है। भारत की अर्थव्यवस्था तेजी से आगे बढ़ रही है परंतु दूसरी ओर राष्ट्रसंघ की रिपोर्ट के अनुसार विश्व के सबसे अधिक भूखे लोग भारत में रहते हैं। कुपोषण से मरने वाले बच्चों की संख्या सबसे अधिक भारत में है। हंगर इंडेक्स में भारत अफ्रीका के कुछ देशों से भी नीचे है। विकास होता रहा परंतु उसके साथ अमीरी चमकती रही और गरीबी सिसकती रही।

पिछले तीन वर्षों में केंद्र की सरकार ने अंत्योदय की भावना से आम गरीब व्यक्ति के विकास के लिए बहुत सी योजनाएँ शुरू कीं। जो योजनाएँ पहले ऊपर से चलती थीं, वे अब गाँव और गरीब से शुरू हो रही हैं। एक प्रकार से पूरी आर्थिक व्यवस्था को शीर्षासन करवा दिया है। सब ओर उत्साह है, नए भारत के निर्माण का मार्ग प्रशस्त हो रहा है।

देश में कुछ कट्टरवादी तत्त्व हिंदुत्व के नाम पर इस सारे वातावरण को खराब करने की कोशिश कर रहे हैं। मुख्य मुद्दों से भटका रहे हैं। कहीं-कहीं दलितों पर उच्च जाति के लोगों द्वारा अत्याचार करने की खबरें आईं। कुछ दलितों ने दुःखी होकर धर्म परिवर्तन किया। गौरक्षा के नाम पर हिंसा फैलाने की कोशिश की। खान-पान को लेकर कट्टरपंथियों ने वातावरण को खराब

करने की कोशिश की। इस सबकी प्रतिक्रिया में कहीं-कहीं खुलेआम बीफ पार्टियों का आयोजन करके एक अति निंदनीय दृश्य पैदा किया गया।

सबसे दुर्भाग्यपूर्ण यह है कि कहीं-कहीं कुछ तथाकथित हिंदू नेताओं ने इन्हें परोक्ष समर्थन दिया। इन सब बातों में हिंदुत्व का नाम जोड़ना हिंदुत्व की उदार भावना से बहुत बड़ा अन्याय है। हिंदुत्व खान-पान में नहीं, वेश-भूषा में नहीं, रीति-रिवाजों में नहीं, पूजा पद्धति में भी नहीं है। हिंदुत्व तो एक मानव धर्म है। एक जीवन पद्धति है। हिंदुत्व की कोई एक पुस्तक नहीं, कोई एक पैगंबर नहीं, कोई एक पूजा पद्धति भी नहीं। यह पूजा पद्धतियों की नदियों का एक महासमुद्र है, यहाँ तक कि ईश्वर को न मानने वाला भी हिंदू हो सकता है। इस देश ने तो भौतिकवादी चार्वाक को भी हिंदू कहने का साहस किया था।

बौद्ध मत पैदा भारत में हुआ परंतु उस धर्म का पूरा दर्शन विचार और विस्तार तिब्बत में हुआ। वहीं से पूरे विश्व में बौद्ध मत फैला। आज भी महामहिम दलाई लामा विश्व के सबसे सम्मानित धार्मिक नेता हैं। वहाँ खान-पान पर कोई अंकुश नहीं रहा। मांसाहार पर किसी भी प्रकार का कोई प्रतिबंध नहीं रहा।

कहीं-कहीं आज भी छुआछूत का समर्थन किया जाता है। कुछ मंदिरों में दलित व महिलाओं को प्रवेश नहीं करने दिया जाता और यह सब पाप हिंदुत्व के नाम पर किया जाता है। हिंदुत्व तो प्रत्येक व्यक्ति में भगवान को देखता है। क्या इतिहास से हम कुछ भी नहीं सीखेंगे। इतिहास की एक कड़वी सच्चाई यह है कि पाकिस्तान मुहम्मद अली जिन्ना ने नहीं बनाया, पाकिस्तान हिंदू धर्म के उन लोगों ने बनाया, जिन्होंने अपने ही समाज के लोगों को दलित कहकर दुत्कारा और विदेशियों ने उन्हें स्वीकारा। वह राष्ट्रीय व सांस्कृतिक पाप इन्हीं तथाकथित हिंदुओं ने किया था।

भारत एक विशाल देश है। अलग-अलग खान-पान, पहनावा, रीति-रिवाज, बोल-चाल और भाषा—इस अनेकता में ही एक सांस्कृतिक एकता रही है। यहीं भारत की एक ऐसी विशेषता है, जिसके कारण सदियों की आँधियों और तूफानों के बाद भी आज भारत, भारत है। जब रोम साम्राज्य

का जन्म नहीं हुआ था और यूरोप के लोग जंगलों में घूमते थे तो भारत में वेद-पुराणों की रचना की गई। इसीलिए तो कवि इकबाल ने कहा था—

"यूनान मिस्र रोमां सब मिट गए जहाँ से
अब तक मगर है बाकी नामो निशान हमारा
कुछ बात है कि हस्ती मिटती नहीं हमारी
सदियों रहा है दुश्मन दौरे जमा हमारा"

आज के युग में स्वामी विवेकानंद से बड़ा कोई हिंदू नहीं हो सकता। उन्होंने स्पष्ट कहा था कि हिंदुत्व व्यर्थ के कर्म-कांड में नहीं, कुरीतियों में नहीं, खान-पान में भी नहीं, हिंदुत्व तो जीवन का एक मानवीय दृष्टिकोण है। उन्होंने कहा था, धर्म को रसोई का धर्म मत बनाओ, धर्म भात की हांडी नहीं है। देश के सब महापुरुषों ने हिंदू धर्म की यही व्याख्या की है। भारत के सर्वोच्च न्यायालय ने भी अपने एक ऐतिहासिक निर्णय में कहा था कि हिंदुत्व पूजा पद्धति नहीं, एक जीवन पद्धति है।

6 दिसंबर को अयोध्या में बाबरी मसजिद के ढाँचे को गिराना एक बहुत बड़ी गलती थी। उसका हिंदुत्व से कोई संबंध नहीं हो सकता। उससे हिंदुत्व को हानि हुई। हिंदुत्व की गरिमा घटी। जिस हिंदुत्व के बारे में गर्व से कहा जाता था कि हिंदू दूसरे देशों में गए पर कभी कहीं मसजिद या चर्च को नहीं तोड़ा। 6 दिसंबर के बाद पूरे विश्व में हिंदुत्व के संबंध में गलत धारणा पहुँच गई। दंगे हुए, सैकड़ों लोग मरे। देश के करोड़ों लोगों के प्रयत्नों के बाद भी अयोध्या में राम मंदिर नहीं बन पाया, कब बनेगा, कुछ नहीं कहा जा सकता। उस समय भाजपा के हम चारों मुख्यमंत्रियों ने मिलकर एक सुझाव दिया था यदि हमारी बात मानी गई होती तो अयोध्या में भव्य राम मंदिर होता, भाजपा की चार सरकारें न गिराई जातीं, दंगे न होते और विश्व भर में हिंदुत्व की गरिमा को आघात न पहुँचता परंतु हमारी बात सुनी नहीं गई। मैं उस संबंध में अभी विस्तार से कुछ नहीं कहना चाहता।

विचार स्वातंत्र्य और सहिष्णुता ही भारत की विशेषता रही है। ईसा ने यहूदी धर्म के विरुद्ध विद्रोह किया तो सूली पर लटकाए गए। महात्मा बुद्ध

ने भी वैदिक धर्म–कांड के विरुद्ध विद्रोह किया। ईश्वर को मानने से इनकार किया परंतु महात्मा बुद्ध को भारत का अवतार कहा गया। वे 80 वर्ष तक जिए। यदि ईसा भारत में पैदा होते तो अवतार कहे जाते और यदि बुद्ध पश्चिम में पैदा होते तो सूली पर लटकाए जाते।

भारत की इस महान् धरोहर हिंदुत्व को कुछ कट्टरवादी बदनाम करने की कोशिश कर रहे हैं। उन सब नेताओं को सही हिंदुत्व समझाया जाए। वे एक बार स्वामी विवेकानंद को अवश्य पढ़ें।

आज से 150 वर्ष पूर्व गुलाम देश का युवा संन्यासी स्वामी विवेकानंद शिकागो की धर्म सभा में वेदांत और हिंदुत्व पर बोले तो पूरा विश्व उनके चरणों में झुक गया। वे पूरे विश्व को हिंदुत्व समझा पाए परंतु आज अपने देश के लोगों को ही हिंदुत्व नहीं समझा पा रहे हैं। सच्चाई यह है कि इन समझाने वालों को स्वयं ही हिंदुत्व की समझ नहीं है। इन मुट्ठी भर कट्टरपंथी तथाकथित हिंदुओं की यह नासमझी देश को बड़ी महँगी पड़ रही है। अंत्योदय के विकास का वातावरण खराब हो रहा है और हिंदुत्व की गरिमा गिर रही है।

□

आज की सबसे बड़ी जरूरत—राष्ट्रीय जनसंख्या नीति

श्री नरेंद्र मोदीजी के आह्वान पर एक नए भारत का निर्माण करने का प्रयत्न हो रहा है। नई-नई योजनाएँ, नया उत्साह, चारों ओर सभी समस्याओं का समाधान करने का प्रयत्न और एक नए खुशहाल भारत के निर्माण की ओर देश बढ़ रहा है। बहुत सी योजनाओं का लाभ कुछ लोगों को होने लगा है। शहीदों के सपनों का भारत बनाने का श्री नरेंद्र मोदी का सपना पूरा होता हुआ दिखाई दे रहा है। भारत बड़ा देश है। दूर गाँव में बसे हुए लोगों के जीवन की सच्चाई सब जगह सबके सामने नहीं आती। इस नए भारत के उदय होते चंद्रमा पर एक ग्रहण भी लगता हुआ दिखाई दे रहा है, उस राहू की ओर भी ध्यान दिया जाना आवश्यक है।

आजादी प्राप्त करते समय भारत की आबादी 35 करोड़ थी। अब 127 करोड़ हो गई। प्रति वर्ष 1 करोड़ 75 लाख आबादी बढ़ रही है। यह बढ़ती आबादी सबसे बड़ा संकट है और इस संकट का सबसे बड़ा संकट यह है कि इस पर कोई ध्यान नहीं दे रहा। बिल्ली के आने पर कबूतर की तरह कब तक भारत आँखें बंद रखेगा।

दिल्ली देश की राजधानी भयंकर प्रदूषण से त्रस्त हो रही है। उच्च न्यायालय को भी कहना पड़ा कि दिल्ली गैस चेंबर बन गई है। प्रतिदिन लगभग एक हजार नई गाड़ियाँ सड़क पर आती हैं। सड़क से लेकर अस्पताल तक भीड़ बढ़ती जा रही है। जमीन के नीचे मेट्रो बना ली है, ऊपर फ्लाई-

ओवर बना लिये, फिर भी दिल्ली का यातायात सँभल नहीं रहा है। कारण एक ही है, देश की आबादी बढ़ रही है। दिल्ली में पूरे भारत के लोग आते हैं। मनुष्यों से अधिक गाड़ियों की संख्या बढ़ रही है। सबसे अधिक चिंता का विषय यह है कि इस सबका कोई समाधान किसी के पास नहीं है। लोगों का स्वास्थ्य खराब हो रहा है। मलेरिया, डेंगू, स्वाइन फ्लू बढ़ रहा है। बच्चों के फेफड़े प्रभावित हो रहे हैं, दमा बढ़ रहा है।

बढ़ती आबादी के कारण सड़कें, मकान कानूनी और गैर-कानूनी बस्तियाँ इतनी बनती जा रही हैं कि भूमि उस भार को सहन नहीं कर पा रही है। हिमाचल प्रदेश के मंडी में भू-स्खलन हुआ। दो बसें दब गईं। भू-वैज्ञानिकों ने कहा है कि सड़कों के निर्माण से हिमाचल के लगभग 90 प्रतिशत पहाड़ ऐसे भुरभुरे हो गए हैं कि कही भी भू-स्खलन हो सकता है। हिमाचल प्रदेश में 60 नए राष्ट्रीय राजमार्ग बनाए जा रहे हैं। पहाड़ खोदने पड़ेंगे और उसके बाद क्या होगा, कहना कठिन है।

बढ़ती आबादी के कारण गरीबी और भुखमरी भी बढ़ रही है। 70 साल की आजादी के बाद 25 करोड़ लोग गरीबी की रेखा से नीचे हैं। 19 करोड़ लोग भुखमरी के कगार पर खड़े हैं। गरीबी के कारण कई जगह बच्चों को बेचने की खबरें भी आती हैं। राष्ट्रसंघ की रिपोर्ट के अनुसार दुनिया में सबसे अधिक भूखे लोग आज भारत में हैं।

बढ़ती आबादी ने बेरोजगारी को भी बढ़ा दिया। कंप्यूटर की नई तकनीकी के कारण नौकरियाँ घट रही हैं। आबादी बढ़ी, शिक्षा बढ़ी और अब पति-पत्नी दोनों नौकरी करना चाह रहे हैं। इसलिए नौकरी पाने वालों की संख्या पहले से बहुत अधिक बढ़ गई। भारत में प्रति वर्ष लगभग एक करोड़ लोग नौकरी पाने के लिए तैयार होते हैं। कठिनाई से केवल 40 लाख लोगों को नौकरी मिलती है। प्रति वर्ष 60 लाख नए बेरोजगार, बेरोजगारों की लंबी कतार में खड़े हो जाते हैं।

गरीबी और बेरोजगारी के कारण निराशा-हताशा बढ़ रही है। अपराध भी बढ़ रहे हैं। आत्महत्याओं की संख्या भी बढ़ती चली जा रही है।

चीन ने समय रहते अपनी आबादी रोकी। भारत की आबादी कुछ वर्षों

में चीन से भी अधिक हो जाएगी। यदि चीन कानून से आबादी न रोकता तो आज चीन में 40 करोड़ लोग और होते। आबादी रोकने के कारण चीन में गरीबी, बेरोजगारी कम हुई।

गंगा समेत भारत की सभी नदियाँ मैली हो गईं। अब गंगा-जल न पीने के योग्य रहा, न नहाने के। सैकड़ों योजनाओं पर करोड़ों रुपए खर्च हुए पर नदियों की गंदगी दूर नहीं हुई। बढ़ती आबादी के कारण नदियों के दोनों तरफ निर्माण व उद्योग इतना अधिक फैल गया है कि इसे दूर करना कठिन है।

सरकार पूरे देश में 100 नई स्मार्ट सिटी बना रही है परंतु उससे पहले देश के हजारो छोटे कस्बे कचरे से भरते जा रहे हैं। हिमाचल प्रदेश जैसे छोटे प्रदेश के छोटे-छोटे कस्बे भीड़, यातायात और कूड़े-कचरे की गंदगी से जूझने लगे हैं। आबादी बढ़ी है। कस्बों में आबादी और बढ़ी, बढ़ती आबादी के साथ गाड़ियों की संख्या बढ़ी, कूड़ा-कचरा बढ़ा परंतु उसकी व्यवस्था का प्रबंधन नहीं हुआ।

श्री नरेंद्र मोदी ने संसद सत्र के समय प्रतिदिन कुछ सांसदों को बुलाकर चर्चा करने का बहुत बढ़िया नियम बनाया है। ऐसी पहली चर्चा में मैंने बढ़ती आबादी के इस संकट के संबंध में अपनी बातें कहीं। मैंने कहा था—केंद्र सरकार की सभी नीतियाँ बहुत बढ़िया हैं, उनके कारण ही बहुत अधिक लाभ हो सकता है परंतु बढ़ती आबादी का दानव विकास के लाभ को निगल सकता है। मुझे प्रसन्नता है, मेरी बात ध्यान से सुनी गई।

प्रति वर्ष आबादी बढ़ती जा रही है। आबादी बढ़ेगी तो घर बनाने पड़ेंगे, जंगल कटेंगे। नई गाड़ियाँ आएँगी, प्रदूषण बढ़ेगा। रोजगार की समस्या आएगी। भारत को बहुत पहले चीन की तरह आबादी रोकने पर निर्णय करना चाहिए था लेकिन बहुत देर हो गई है। हमने अपना वर्तमान तो खराब कर दिया परंतु भविष्य को सँभालने की कोशिश करनी चाहिए। जनसंख्या को रोकने के निर्णय का तुरंत कोई विशेष लाभ नहीं होगा परंतु हम भविष्य को तो सँभाल सकते हैं। प्रधानमंत्री पहल करें और पूरा देश एक सहमति बनाकर अतिशीघ्र एक राष्ट्रीय जनसंख्या नीति बनाए।

हम जब सीना उठाकर यह कहते हैं कि भारत की अर्थव्यवस्था विश्व में बड़ी तेजी से बढ़ रही है और भारत दुनिया के 12 अमीर देशों में है तो इस सच्चाई को स्वीकार करते हुए भी मेरी आँखों के सामने दूसरी तसवीर भी उभर जाती है, जिससे मेरा सिर शर्म से झुक जाता है। राष्ट्रसंघ की एक रिपोर्ट के अनुसार दुनिया में सबसे अधिक भूखे लोग भारत में रहते हैं। कुपोषण से मरने वाले बच्चों की संख्या भारत में सबसे अधिक है। हंगर इंडेक्स में हम बहुत नीचे हैं। आर्थिक विषमता भारत में सबसे अधिक है। दुर्भाग्य से विकास तो हुआ पर सामाजिक न्याय नहीं हुआ। अमीरी चमकती रही और झोंपड़ी में गरीबी सिसकती रही।

देश की राजधानी दिल्ली एक गैस चेंबर बन गई। वहाँ हेल्थ इमरजेंसी लगा दी गई। स्कूल बंद कर दिए गए। बच्चों का बाहर निकलना और खेलना बंद कर दिया गया। दिल्ली में जमीन से ऊपर तक फ्लाई-ओवर बना दिए गए। जमीन के नीचे मेट्रो बिछा दी गई। अब इसके बाद कहाँ जाएँगे।

सभी समस्याओं की जड़ बढ़ती जनसंख्या है, इस पर कोई चर्चा नहीं। कोई राजनीतिक दल बोलता नहीं क्योंकि देश की राजनीति सबसे पहले वोट के लिए और कुरसी के लिए है। देश तो बाद में कभी-कभी सामने आता है।

□

सबसे गंभीर समस्या—
बढ़ती आबादी का विस्फोट

विश्व की प्रसिद्ध संस्था मूडी ने भारत की आर्थिक स्थिति की प्रशंसा की है। हमारी अर्थव्यवस्था तेजी के साथ बढ़ रही है। विश्व के कुछ अमीर देशों में भारत का नाम आ गया है। करोड़पतियों की संख्या भी लगातार बढ़ रही है। इन सारी स्थिति से प्रसन्नता होती है और गर्व भी होता है।

देश की दूसरी तसवीर चिंताजनक है और शर्मनाक भी है। देश की राजधानी दिल्ली गैस चेंबर बन गई। पिछले दिनों स्कूल बंद करने पड़े। बच्चों का बाहर निकलना रोकना पड़ा। उच्च न्यायालय ने कहा की इमरजेंसी जैसी स्थिति पैदा हो गई है। हालत यह है कि देश की राजधानी में कूड़ा-कचरा तक भी सँभाला नहीं जा रहा। ढेर लग गए, आग सुलगी, कचरे का ढेर गिरा और कुछ लोग मर गए। देश की राजधानी ही नहीं, बहुत से अन्य नगर और छोटे कस्बे भी बढ़ती भीड़ व कूड़े-कर्कट के ढेर और प्रदूषण का शिकार हो रहे हैं। देश की राजधानी में ही 30 प्रतिशत लोग मलीन बस्तियों में नहीं रहते, कुछ और नगरों में भी मलीन बस्तियाँ बनती जा रही हैं।

विश्व में सबसे अधिक भूखे लोग भारत में रहते हैं। कुपोषण से मरने वाले बच्चों की संख्या सबसे अधिक भारत में है। हंगर इंडेक्स में भारत बहुत नीचे आ गया है। विश्व में सबसे अधिक आर्थिक विषमता भारत में है। लगभग 19 करोड़ लोग भुखमरी के कंगार पर जी रहे हैं। सामाजिक-आर्थिक सर्वेक्षण के अनुसार 60 करोड़ लोग केवल एक हजार रुपए महीने में गुजारा

कर रहे हैं। बच्चों को बेचने तक के समाचार आते हैं। ऑस्ट्रेलिया की एक संस्था बाक फ्री फाउंडेशन के अनुसार ग्लोबल सलेबरी इंडेक्स में भी भारत बहुत नीचे है। उस रिपोर्ट के अनुसार भारत में 13 वर्ष तक की गरीबों की लड़कियों को वेश्यावृत्ति के लिए बेचा जाता है।

ग्रामीण क्षेत्रों में स्वास्थ्य सुविधाएँ बहुत कम हैं। अनेक क्षेत्रों में बिना दवाई के गरीब मरता है। दिल्ली के सरकारी अस्पतालों का भीड़-भड़क्का देखकर नहीं लगता भारत एक खुशहाल देश है।

बेरोजगारी की स्थिति भी लगातार भयंकर होती जा रही है। उत्तर प्रदेश में लगभग 300 चपरासियों के पदों के लिए लगभग 22 लाख उम्मीदवार और उनमें बी.ए.,एम.ए. पढ़े हुए। नौजवानों में बढ़ती बेरोजगारी निराशा और हताशा फैला रही है और देश में अपराध बढ़ने का यह भी एक बहुत बड़ा कारण है। एक अनुमान के अनुसार देश में प्रति वर्ष लगभग 80 लाख नौजवान नौकरी प्राप्त करने वाले होते हैं। कठिनाई से 40 लाख नौजवानों को नौकरी मिलती है। प्रति वर्ष लगभग 40 लाख नौजवान बेरोजगारों की पंक्ति में खड़े हो जाते हैं।

1857 से 1947 के 90 वर्षों में देश को आजाद कराने के लिए लाखों देशभक्तों ने बलिदान दिए। फाँसी के फंदों पर झूलते समय उनकी एक ही अंतिम इच्छा थी कि भारत आजाद हो, खुशहाल हो, कोई गरीब व भूखा न हो। आज विश्व में सबसे अधिक भूखे भारत में हो गए। विकास हुआ पर सामाजिक न्याय नहीं हुआ। अमीरी चमकती रही और झोंपड़ी में गरीबी सिसकती रही। आजाद भारत एक भूखा भारत बन गया।

भारत की नई केंद्र सरकार बहुत कुछ करने की कोशिश कर रही है परंतु समस्याओं की मूल समस्या के प्रति पूरे देश ने आँखें बंद की हुई हैं। उसके बिना भूखे भारत की समस्या हल नहीं होगी। गरीबी, बेरोजगारी और प्रदूषण जैसी समस्याओं के अनेक कारण हैं। यदि उनमें से कुछ कारणों का निवारण करने की कोशिश की जाए तो भी सारी समस्याओं का समाधान बिल्कुल नहीं हो सकेगा।

देश के सामने सभी समस्याओं का सबसे बड़ा मूल कारण है बढ़ती आबादी का विस्फोट। उससे भी बड़ी चिंता का विषय यह है कि इस समस्या पर कोई ध्यान नहीं दिया जा रहा। स्वतंत्रता प्राप्ति के समय 35 करोड़ की आबादी पिछले 70 साल में 127 करोड़ हो गई। प्रति वर्ष एक करोड़ 80 लाख आबादी बढ़ रही है। आबादी बढ़ेगी तो मकान बनाने पड़ेंगे। जंगल कटेंगे। उद्योग लगेंगे। अधिक गाड़ियाँ चलेंगी, भीड़ होगी और प्रदूषण भी होगा। जंगल कम होने के कारण अब तेंदुए व हाथी घरों में घुसने लगे हैं। बंदर तो बस्तियों में ही रहने लगे हैं। बढ़ती आबादी ने बच्चों के खेलने व लोगों के घूमने के स्थान समाप्त कर दिए। कचरे के ढेर बीमारियाँ बढ़ा रहे हैं।

हमारी तरह चीन भी बढ़ती आबादी की समस्या से त्रस्त था परंतु चीन ने बढ़ती आबादी को रोका और गरीबी को लगभग समाप्त कर दिया। कुछ वर्षों के बाद भारत की आबादी चीन से बढ़ जाएगी और भारत दुनिया में सबसे अधिक आबादी वाला देश और सबसे अधिक भूखे लोगों का देश बन जाएगा।

भारत को एक राष्ट्रीय सहमति बनाकर किसी भी तरीके से बढ़ती आबादी को रोकना होगा। दिल्ली का प्रदूषण ही खतरे के निशान तक नहीं पहुँचा है, बढ़ती आबादी के कारण देश की परिस्थिति भी खतरे के निशान तक पहुँच गई है।

मैंने इस संबंध में प्रधानमंत्री श्री नरेंद्र मोदीजी को एक विस्तृत पत्र लिखा था। उनसे मिलकर विस्तार से बात भी की थी। मुझे खुशी है, उन्होंने मेरी बात सुनी थी। मैं इस संबंध में प्रयत्न जारी रखूँगा। यदि आबादी नहीं रोकेंगे तो फिर बरबादी के लिए तैयार रहना होगा। यह ठीक है कि आबादी रोकने का तुरंत कोई लाभ नहीं होगा परंतु धीरे–धीरे लाभ होने लगेगा। हमने अपना वर्तमान तो बरबाद कर लिया परंतु देश के भविष्य को तो बरबाद होने से रोकना चाहिए।

भारत की आर्थिक व्यवस्था में एक बहुत बड़ा विरोधाभास उत्पन्न होता जा रहा है। एक तरफ तेजी से बढ़ती अर्थव्यवस्था और दूसरी तरफ गरीबी और भुखमरी। आर्थिक विकास के साथ–साथ विषमता बढ़ती जा रही है। आर्थिक विकास हुआ है परंतु सामाजिक न्याय नहीं हुआ।

भारत के कुछ क्षेत्रों में गरीबी, भुखमरी और बेरोजगारी दिन-प्रतिदिन एक विकट समस्या बनती जा रही है। केंद्र सरकार ने पिछले तीन वर्षों में 'सबका साथ सबका विकास' का नारा देकर बहुत कुछ करने की कोशिश की है परंतु वह सब बिल्कुल भी काफी नहीं है। मैंने सुझाव दिया था, उस नारे के साथ-साथ एक और उद्देश्य होना चाहिए। सबसे गरीब का विकास, सबसे पहले और सबसे अधिक। दुर्भाग्य से आर्थिक विषमता बढ़ती जा रही है। आज जहाँ भारत में विश्व के सबसे अधिक भूखे लोग रहते हैं, वहीं भारत में विश्व में सबसे अधिक आर्थिक विषमता भी है।

मैं प्रारंभ से इस विषय पर बहुत गंभीर रहा। 1977 में हिमाचल प्रदेश का मुख्यमंत्री बनने पर अंत्योदय अन्न योजना शुरू की थी। प्रदेश के एक लाख सबसे अधिक गरीब लोगों को चुनकर उन्हें सब प्रकार की सहायता देकर गरीबी की रेखा से ऊपर लाने की कोशिश की थी। केंद्र सरकार ने खाद्य मंत्री के रूप में भी अंत्योदय अन्न योजना प्रारंभ की थी।

देश की गरीबी और बेरोजगारी का एक बहुत बड़ा कारण बढ़ती हुई जनसंख्या का विस्फोट भी हैं। सबसे बड़ा चिंता का विषय यह है कि इस गंभीर समस्या के संबंध में पूरी राजनीति आँखें बंद करके बैठी है। मैंने इस संबंध में प्रधानमंत्री श्री नरेंद्र मोदी को एक विस्तृत पत्र लिखा था, उनसे मिलकर बात भी की थी।

देश में प्रति वर्ष किसी-न-किसी प्रदेश में होने वाले चुनाव भी देश के विकास में बहुत बड़ी बाधा हैं। आजकल राजनीतिक दल चुनाव में कितना खर्च करते हैं, इसका अनुमान बाहर के लोगों को नहीं हो सकता।

प्रति वर्ष करोड़ों-अरबों रुपए इन चुनावो पर खर्च होते हैं। पूरे देश की राजनीति का समय भी चुनाव में लगता है। इस विषय पर मैंने प्रधानमंत्रीजी को पहले भी एक पत्र लिखा था। मिलकर विस्तार से बात भी की थी। अब फिर उसी विषय पर एक पत्र प्रधानमंत्री को लिखा है।

देश में बढ़ती आर्थिक विषमता और नौजवानों में बढ़ती बेरोजगारी से हताशा-निराशा एक बहुत बड़ा संकट है।

□

आधुनिक भारत के निर्माता—स्वामी विवेकानंद

स्वामी विवेकानंद एक महान् देशभक्त, क्रांतिकारी, संन्यासी, मौलिक चिंतक, समाज सुधारक और आधुनिक भारत के निर्माता थे। आज की देश की परिस्थिति में वे और उनके विचार सबसे अधिक प्रासंगिक हैं। उन्होंने स्वतंत्रता आंदोलन की पूर्व भूमिका तैयार की। उनके प्रखर विचारों की प्रेरणा से ही स्वतंत्रता आंदोलन शुरू हुआ और भारत आजाद हुआ।

देश को स्वतंत्र करवाने में 1857 में पहला संघर्ष हुआ। अंग्रेजों की शक्ति के आगे वह सफल न हो सका। उसके बाद भारत में सब तरफ निराशा का वातावरण बना। सबको लगा कि अंग्रेजों को हटाया नहीं जा सकता। देश के कुछ विद्वान् महापुरुषों ने यहाँ तक कहना शुरू कर दिया कि अंग्रेज तो भारत के लिए ईश्वरीय वरदान हैं। उन्हीं दिनों ईसाई बड़े जोर से धर्म परिवर्तन कर रहे थे। सरकार का उन्हें संरक्षण था। उन्होंने सब तरफ यह प्रचार किया था कि भारत के ग्रंथ वेद-पुराण गड़रियों के गीत हैं। भारत एक दीन-हीन देश है। कुरीतियों से भरा हुआ है और ईश्वर को प्राप्त करने के लिए लोगों को ईसाई धर्म में आना चाहिए। 1857 के बाद कई वर्ष भारत में भयंकर निराशा का वातावरण रहा। कहीं-कहीं कुछ देशभक्तों ने संघर्ष करने की कोशिश की परंतु उन्हें पूरी तरह से कुचल दिया गया।

कोलकाता के एक युवा नरेंद्र बाल्यकाल में अध्यात्म की ओर आकर्षित हुए। ईश्वर को जानने और मोक्ष प्राप्ति की तीव्र इच्छा से वे रामकृष्ण

परमहंसजी के चरणों में पहुँचे। उनके शिष्य बने और साधना में लग गए। जब निर्विकल्प समाधि प्राप्त करने का मौका आया तो रामकृष्ण परमहंस ने कहा—नरेंद्र को वह समाधि नहीं दी जाएगी। उसकी कुंजी उन्होंने अपने पास रख ली। उन्होंने नरेंद्र को कहा कि उनके देहांत के बाद वे पूरे भारत में घूमे और फिर वह स्वयं निर्णय करेगा कि उसे क्या करना चाहिए। रामकृष्णजी की दिव्य दूरदृष्टि थी कि वे स्वामी विवेकानंद के रूप में नरेंद्र से कुछ और करवाना चाहते थे।

नरेंद्र साधना में लगे रहे। गुरु के स्वर्गवास के बाद उनके आदेश का पालन किया और पूरे भारत का भ्रमण करने लगे। उन दिनों वे धर्मशाला में भी आए। जब उन्होंने मातृभूमि के लोगों की गरीबी देखी, पिछड़ापन देखा, भुखमरी देखी और हीन भावना से ग्रस्त युवा को देखा तो वे बेचैन हो गए। बार-बार सोचने लगे, 'मैं अपने मोक्ष के लिए लगा हूँ और मातृभूमि के करोड़ों लोग गरीबी में जीवन व्यतीत कर रहे हैं।' पूरे भारत का भ्रमण करने के बाद कन्याकुमारी की उस ऐतिहासिक शिला पर खड़े होकर उन्होंने घोषणा की, "हे प्रभु! नहीं चाहिए मुझे मोक्ष, जब तक मातृभूमि का प्रत्येक व्यक्ति भरपेट भोजन नहीं कर लेता और भारत वेदांत की गूँज से नहीं गूँज जाता, तब तक मैं बार-बार जन्म लूँ और मातृ-भूमि की सेवा करूँ।"

विश्व के इतिहास में ऐसा कोई उदाहरण नहीं है, जहाँ किसी ने मोक्ष प्राप्त करने के लिए घर-बार, परिवार छोड़ दिया और फिर उसी मोक्ष को मातृभूमि की सेवा के लिए छोड़ दिया। उनके चिंतन-मनन और साधना की दिशा ही बदल गई।

भारत के इतिहास में एक बहुत बड़ा मोड़ 11 सितंबर, 1893 को आया, जब विश्व के सभी धर्मों का एक बहुत बड़ा सम्मेलन अमेरिका के शिकागो में हो रहा था। स्वामीजी भी वहाँ पहुँचे थे। बड़ी कठिनाई से भारत से लंबी यात्रा की। मुश्किल से रात काटी। सम्मेलन में प्रवेश मिलने में भी कठिनाई हुई परंतु स्वामी विवेकानंदजी सम्मेलन में पहुँचे। अपने पहले ही भाषण में उन्होंने हिंदुत्व और वेदांत की जो व्याख्या की, उससे दुनिया भर के विद्वान्

बहुत अधिक प्रभावित हुए। दूसरे दिन प्रसिद्ध समाचार पत्र न्यूयॉर्क हेरेल्ड ने लिखा, "स्वामी विवेकानंद धर्म सम्मलेन में सबसे अधिक प्रभावशाली व्यक्ति थे। उनका भाषण सुनकर यह विचार आया कि इतने विद्वान् देश में ईसाई प्रचारकों को भेजना बड़ी मूर्खता की बात थी।"

शिकागो सम्मेलन ने स्वामी विवेकानंदजी को विश्व-विख्यात बनाया और भारत के प्रति एक नया दृष्टिकोण प्रस्तुत किया। स्वामीजी विश्व भ्रमण करते रहे।

स्वामी विवेकानंदजी भारत में वापस आए। अब उन्हें अंतरराष्ट्रीय ख्याति प्राप्त हो गई थी। उन्होंने देश को, विशेषकर युवा शक्ति को जगाने का प्रयत्न किया। उनके भाषणों से हीन भावना से त्रस्त भारत जागने लगा, आत्म गौरव बढ़ने लगा। उन्होंने मातृ-भूमि के प्रति श्रद्धा को जगाने का प्रयत्न किया। देश की युवा शक्ति को स्वाभिमान से जीने का आह्वान किया। हिंदू समाज में व्याप्त कुरीतियों को समाप्त करने की कोशिश की। जिस हीन भावना से ग्रस्त होकर भारत के लोगों ने अंग्रेजों की गुलामी को स्वीकार कर लिया था, उस हीन भावना को समाप्त करने की कोशिश की।

भारत की गरीबी को देखकर वे बहुत दु:खी होते थे। आँसू तक बहा देते थे। उनके मौलिक क्रांतिकारी विचारों का इससे बड़ा उदाहरण क्या हो सकता है कि उन्होंने देश को यह संदेश दिया, "आने वाले कुछ समय तक सब देवी-देवताओं को भूल जाओ। गाँव का गरीब ही तुम्हारा देवता है और उसकी सेवा ही सबसे बड़ी पूजा है।" उन्होंने नर सेवा को ही नारायण सेवा कहा। गरीबी से वे इतने आहत थे कि उन्होंने यहाँ तक कह दिया था, "जो लोग देश के साधनों का उपयोग करके खुशहाल हो जाते हैं पर गरीब के बारे कुछ सोचते नहीं और उनके लिए कुछ करते नहीं, वे देशद्रोही हैं।" यदि स्वामीजी के संदेश का देश ने पालन किया होता तो आज भारत में एक तरफ चमकती अमीरी और दूसरी तरफ तरसती गरीबी न होती।

उन्होंने चरित्र निर्माण पर जोर दिया और कहा कि देश को समर्पित चरित्रवान देशभक्त युवा चाहिए। यह पहली जरूरत है। बाकी सब हो जाएगा।

वे आयु के 40 वर्ष पूरे होने से पहले ही स्वर्ग सिधार गए। उन्हें 1893 से 1902 तक केवल 9 वर्ष काम करने का अवसर मिला। इतनी कम अवधि में इतनी बड़ी उपलब्धि विश्व का एक ऐतिहासिक रिकॉर्ड है। उनके बारे में एक विदेशी विद्वान् ने कहा था कि वे आयु में छोटे पर ज्ञान के महासागर थे।

श्री जवाहरलाल नेहरूजी ने कहा था, "आज के भारत को यह नहीं भूलना चाहिए कि इसके निर्माण की नींव स्वामी विवेकानंदजी ने रखी थी, वे राजनीतिक नेता नहीं थे परंतु उन्होंने भारत के स्वतंत्रता आंदोलन की नींव रखी।"

सुभाषचंद्र बोस ने कहा था, "वास्तव में भारत की स्वतंत्रता के आंदोलन के संस्थापक विवेकानंद थे।" श्री राजगोपालाचार्य ने कहा था, "स्वामी विवेकानंद ने हिंदुत्व की रक्षा की और भारत को बचाया। यदि वे न होते तो न हमारा धर्म बचता न ही हम इतनी जल्दी स्वतंत्रता प्राप्त कर पाते।"

भारत और विश्व भर के विद्वानों ने स्वामीजी की प्रशंसा की है और उन्हें इस सदी का प्रखर आध्यत्मिक दार्शनिक कहा है।

भारत में महापुरुषों की जयंतियाँ मनाई जाती हैं, स्मारक बनाए जाते हैं पर उनके उपदेशों का पालन नहीं किया जाता। स्वामी विवेकानंदजी के जन्मदिन पर हम सब यह संकल्प करें कि सब अपने जीवन में उनके आदर्शों का पालन करें।

□

प्रधानमंत्रीजी! अंत्योदय मंत्रालय आवश्यक है

कुछ समय पहले देश की एक अति गंभीर समस्या के संबंध में मैंने आपको एक पत्र लिखा था। उसके बाद आपसे मिलकर भी उस पर चर्चा की थी। मुझे प्रसन्नता है कि आपने मेरी बात बड़े ध्यान से सुनी थी। पिछले दिनों समाचार-पत्रों में दो समाचार पढ़े। उनसे उसी समस्या के संबंध में मैं और भी अधिक चिंतित हो गया हूँ।

गुजरात के राज्यपाल श्री ओ.पी. कोहलीजी ने सार्वजनिक रूप से देश में असंतुलित विकास पर चिंता प्रकट की। उसके कारण बेरोजगारी की भयंकर समस्या से नौजवानों में बढ़ती निराशा को देश के लिए खतरे की घंटी बताया है। उस कार्यक्रम में गुजरात के मुख्यमंत्री श्री विजय रूपाणी भी उपस्थित थे। मैं व्यक्तिगत रूप से श्री ओ.पी. कोहलीजी को जानता हूँ। वे बहुत धीर-गंभीर प्रकृति के व्यक्ति हैं। गुजरात प्रदेश, जिसके विकास को हम सब एक आदर्श मानते हैं, उसी के राज्यपाल बढ़ती बेरोजगारी से इतने अधिक चिंतित हो गए कि सार्वजनिक रूप से प्रदेश के मुख्यमंत्री के सामने उन्होंने इसको देश के लिए एक खतरे की घंटी बताया है। उनके सामने मुख्य रूप से गुजरात प्रदेश में नौजवानों की बेरोजगारी की समस्या रही होगी। यदि गुजरात जैसे विकसित प्रदेश में ही बेरोजगारी की समस्या विकट होती जा रही है तो देश के अन्य प्रदेशों में और विशेषकर गरीब प्रदेशों की परिस्थिति क्या होगी, इसका अनुमान लगाया जा सकता है।

एक और समाचार प्रकाशित हुआ है कि 2014 से 2016 तक के दो वर्षों में देश के 26 हजार छात्रों ने आत्महत्या की है। यह सोचकर ही दिल दहल जाता है। उन नौजवानों में क्या मजबूरी और निराशा इतनी तीव्र हुई होगी कि आत्महत्या तक करने का निर्णय कर लिया। देश में प्रतिस्पर्धा बढ़ रही है। सबको लगता है कि टॉप करने वाले छात्रों को ही भविष्य में नौकरी मिल पाएगी। सभी योग्य और अति योग्य नहीं हो सकते। कम योग्य और साधारण नौजवानों को अपना भविष्य अंधकारमय नजर आ रहा है। टी.वी. ने एक आलीशान ऐश्वर्यपूर्ण जीवन की झलक दिखाई है। महत्त्वाकांक्षाएँ बहुत बढ़ गई हैं। इसीलिए निराशा भी बहुत अधिक हो रही है। जो नौजवान आत्महत्या के कगार तक पहुँच रहे हैं, वे कल कुछ और भी कर सकते हैं। बहुत से तो कर रहे हैं। देश में अपराध बढ़ने का एक सबसे बड़ा कारण गरीबी और बेरोजगारी से होने वाली मजबूरी, निराशा और हताशा भी है।

आपके नेतृत्व में नई सोच, नई दिशा से अच्छी योजनाएँ लागू की गई हैं। उनका कुछ लाभ भी हो रहा हैं परंतु वे सब योजनाएँ नीचे तक पूरी तरह और अच्छी तरह लागू नहीं हो रही है। दुर्भाग्य से देश का शासन-प्रशासन अधिकतर अयोग्य भी है और भ्रष्ट भी है। नीचे तक पूरा पैसा पूरी तरह से खर्च नहीं हो रहा है। इसलिए सभी योजनाओं का पूरा लाभ देश के आम गरीब आदमी को नहीं मिल रहा है। यदि ये सब योजनाएँ अच्छी तरह से नीचे तक लागू हो जाएँ तो भी नीचे तक के व्यक्ति तक पूरा लाभ पहुँचने तक बहुत देर हो जाएगी।

देश की गरीबी और बेरोजगारी के बहुत अधिक कारण हैं परंतु सबसे मूल कारण बढ़ती जनसंख्या का विस्फोट है। स्वतंत्रता के 70 वर्षों में हम 35 करोड़ से बढ़कर 134 करोड़ हो गए। प्रति वर्ष जनसंख्या एक करोड़ 60 लाख तक बढ़ रही है। प्रकृति के साधनों की सीमा है। सरकार के प्रयत्नों की भी सीमा है परंतु बढ़ती जनसंख्या की कोई सीमा नहीं है। देश में प्रति वर्ष लगभग 80 लाख नौजवान नौकरी प्राप्त करने वाले होते हैं। कठिनाई से केवल 40 लाख को नौकरी मिलती है। प्रति वर्ष 40 लाख बेरोजगारों की भीड़ में जुड़ जाते हैं।

आपकी योजनाओं को तेजी से आगे बढ़ाने की आवश्यकता है परंतु केवल उसी से समस्या नहीं सुलझेगी। बढ़ती आबादी को रोकना ही होगा। अब पानी सिर से ऊपर निकल रहा है। किसी भी तरीके से दो से अधिक बच्चों पर पूरी रोक लगे। एक बच्चे के परिवार को विशेष सुविधा दी जाए। इससे आबादी रुकेगी भी और घटेगी भी।

बढ़ती आबादी का अनुपात भी चिंता का विषय बन रहा है। एक संप्रदाय की आबादी बहुत अधिक बढ़ रही है। यद्यपि उस पूरे संप्रदाय को आतंकवादी नहीं कहा जा सकता परंतु हर आतंकवादी उसी संप्रदाय का होता है। उस संप्रदाय की आबादी बहुत अधिक बढ़ने से इस देश के बहुसंख्यक हिंदुओं को चिंता हो रही है। कुछ प्रमुख हिंदू नेता इस पर चिंता भी प्रकट कर चुके हैं। कुछ ने तो खुलेआम कहा कि हर हिंदू 10 बच्चे पैदा करे। यह समस्या का हल नहीं है, यह समस्या को और विकट बना देगा। एक राष्ट्रीय सहमति बनाकर सभी संप्रदायों की आबादी को रोकने का अनिवार्य नियम बनाना पड़ेगा, उससे दोनों समस्याएँ सुलझ जाएँगी।

देश में आर्थिक विकास भी हो रहा है और उसी के साथ अधिक विषमता भी बढ़ रही है। आज भारत में विश्व में सबसे अधिक आर्थिक विषमता है। एक ओर बढ़ती अर्थव्यवस्था से अमीर देशों में भारत का नाम और दूसरी ओर विश्व के सबसे अधिक भूखे लोग भारत में हैं। कुपोषण से मरने वाले बच्चों की संख्या सबसे अधिक भारत में है। कई बार कुछ अति गरीब प्रदेशों से गरीबी की मजबूरी से बच्चों को बेचने तक के समाचार भी आते हैं।

देश के लाखों शहीदों ने एक खुशहाल भारत बनाने के लिए बलिदान दिए थे परंतु दुर्भाग्य से एक नहीं, चार भारत बन गए। एक लूटने वालों का मालामाल भारत, दूसरा खुशहाल भारत, तीसरा सामान्य भारत और चौथा भूखा, बेहाल भारत। एक रिपोर्ट के अनुसार लगभग 19 करोड़ लोग भुखमरी के मुहाने पर जी रहे हैं।

आपके प्रधानमंत्री बनने पर मैंने आपको सबसे पहले पत्र में यह सुझाव दिया था कि एक अंत्योदय मंत्रालय भी बनाया जाए। 'सबका साथ, सबका

विकास' बहुत अच्छा नारा है परंतु यह काफी नहीं है। सबसे नीचे के गरीब का विकास सबसे पहले और सबसे अधिक भी होना चाहिए। देश की भुखमरी और अति गरीबी को दूर करने के लिए जब तक लक्षित व्यवस्था नहीं होगी, तब तक यह भूखा भारत यूँ ही रहेगा। अंत्योदय मंत्रालय केवल इन सबसे नीचे के भुखमरी के कगार पर जी रहे लोगों के विकास पर ध्यान दे। इसके लिए सबसे अधिक साधनों का प्रयोग किया जाए और इन्हें कम-से-कम बुनियादी जरूरतों से एक सामान्य जीवन जीने का अवसर दिया जाए।

मैं प्रारंभ से स्वामी विवेकानंद के 'दरिद्र नारायण', महात्मा गांधीजी के 'अंत्योदय' और दीनदयाल उपाध्यायजी के 'पंक्ति में सबसे नीचे के व्यक्ति के कल्याण' से प्रभावित और समर्पित रहा हूँ। 1977 में हिमाचल प्रदेश का मुख्यमंत्री बनने पर सबसे पहले अंत्योदय योजना शुरू की थी। प्रदेश के सबसे गरीब एक लाख लोगों को चुनकर एक वर्ष के अंदर उन्हें गरीबी की रेखा से ऊपर उठाया था। केंद्र में मंत्री बनने पर अंत्योदय अन्न योजना शुरू की थी। करोड़ों गरीबों को 3 रु. किलो चावल और 2 रु. किलो गेहूँ दिया जाने लगा था। वही योजना आज देश की खाद्य योजना का आधार बनी है।

□

नीरव मोदी के नाम एक पत्र

प्रिय श्री नीरव मोदीजी!

मैं आपको जानता नहीं। जान भी नहीं सकता। कहाँ आप और कहाँ मैं। आपको पहचानता भी नहीं। आपकी पहचान मेरे जैसे साधारण लोगों की पहुँच में आ ही नहीं सकती। आप से न जान, न पहचान, फिर भी आपको पत्र लिखने के लिए विवश हो गया हूँ क्योंकि कुछ दिनों से पूरे मीडिया पर आप और आपके कारनामे ही छाए हुए हैं। कोई भी चैनल लगाओ, आपका गुणगान शुरू हो जाता है। आपके बारे में नई-नई कहानियाँ, नए-नए रहस्य उद्घाटन और आपकी संपत्ति के नए-नए जलवे दिखने शुरू हो जाते हैं। तीन दिन पहले दुबई में श्रीदेवी का निधन हुआ तो कुछ समय के लिए टी.वी. और समाचार-पत्रों में उनकी दुःखद मृत्यु के समाचारों से आपका गुणगान कुछ समय के लिए कम हुआ पर अब फिर आप ही सब जगह छा रहे हैं और आपके ही गीत चारों ओर गाए जा रहे हैं। इसलिए मैं आपको यह पत्र लिख रहा हूँ।

आपके पास इतना धन-दौलत, ऐश्वर्य, सोना, चाँदी और हीरे थे कि आप सोने और हीरों का एक महल बनाकर उसमें रह सकते थे। ऐश्वर्य का कौन सा साधन आपके पास नहीं था। भारत ही नहीं, विश्व के अन्य बहुत से देशों में भी आप की दौलत के डंके बज रहे थे। धन-दौलत ही नहीं, अति सुंदर युवा महिलाएँ भी आपके साथ-साथ घूमती नजर आ रही थीं। इस सबके बाद भी आपने इस प्रकार से बैंकों का धन लूटने की कोशिश क्यों की, वह

क्या कमी थी, जिसने आपको यह सब करने के लिए प्रेरित किया? कुछ भी समझ नहीं आता।

भारत की सरकार आपको दुनिया के हर देश में ढूँढ़ रही है। आप कहाँ हैं, किसी को पता नहीं। शायद आपको भी पूरा पता नहीं। आपकी इस सारी लूट के प्रबंधक आप को एक होटल के कमरे से दूसरे होटल के कमरे में कभी किसी नाम से कभी किसी और नाम से, कभी किसी देश में और कभी किसी और देश में, न जाने किस प्रकार से रख रहे होंगे। आपको भी बड़ी वेदना और पीड़ा हो रही होगी। शायद शर्म भी आ रही होगी। दुनिया भर की इतनी अधिक संपत्ति प्राप्त करने के बाद आज आप चैन से अपनी मरजी से किसी एक जगह रह नहीं सकते। चोरों की तरह सिर छुपाते मारे-मारे घूम रहे हो। मैं सोचता रहता हूँ कि आखिर किस बात ने आपको वह सारा ऐश्वर्य छोड़कर इस प्रकार के गुमनाम लाचारी के जीवन जीने पर विवश कर दिया।

एक भिखारी भी अपनी मरजी से जहाँ चाहे, भीख माँग सकता है। अपनी भीख का कटोरा लेकर जहाँ चाहे, बैठ सकता है परंतु सोने, चाँदी और हीरो में खेलने वाले नीरव मोदीजी! आज आप अपनी मरजी से कहीं चैन से रह नहीं सकते। एक भिखारी से भी बदतर जीवन जीने के लिए आपको कहाँ से प्रेरणा मिली।

मनुष्य जीवन में जो कुछ भी करता है, वह सुख के लिए करता है परंतु यह भूल जाता है कि सुख कहाँ है। सुख धन में नहीं, सुख संतोष में है। यदि धन में ही सुख होता तो आप इतना अपार धन प्राप्त करने के बाद इस प्रकार चोरों की तरह सिर छिपाते दुःखी न होते। मनुष्य के दुःख का एक ही सबसे बड़ा कारण है, जो मिला है, उसमें संतोष नहीं और जो नहीं मिला है, उसे प्राप्त करने के लिए तड़पते छटपटाते रहते हैं।

पश्चिम की अंधी भौतिकवादी सभ्यता ने पद व धन का लालच इतना बढ़ा दिया कि कहीं-कहीं यह एक पागलपन बनता जा रहा है। संबंधों की पवित्र डोरें भी तार-तार हो रही हैं। संपत्ति के लिए बेटा बाप को मार रहा है। रातोरात अमीर बनने का खुमार चढ़ रहा है और कहीं रुक नहीं रहा। जिनके

पास बहुत कुछ है, वे ही और अधिक प्राप्त करने के पागलपन में भ्रष्टाचार करके जेल जा रहे हैं।

नीरव मोदीजी! आपके पास क्या नहीं था? बस एक ही कमी थी। यदि वह संतोष आपके पास होता तो आप वहाँ न होते, जहाँ पहुँच गए। बड़े आनंद से अपने देश में, अपने परिवार में पूरे सम्मान के साथ जीवनयापन करते।

क्या आप उस भारत की स्थिति जानते हैं, जिसको दोनों हाथों से लूटकर आप कहीं जाकर छिप गए। इस देश में 17 करोड़ लोग भुखमरी के मुहाने पर है। भूखे पेट सोते हैं। दुनिया में सबसे अधिक बच्चे कुपोषण से भारत में मरते हैं। दुनिया में सबसे अधिक भूखे लोग भारत में रहते हैं। अन्नदाता किसान गरीबी की मजबूरी में आत्महत्या करने पर विवश होता है। कई बार कुछ गरीब इलाकों में भुखमरी की मजबूरी में बच्चों को बेचने के समाचार भी आते हैं। देश के बैंकों में जो धन है, वह पूरे देश का है। इन गरीब लोगों का भी है। आप जैसों की लूट के कारण देश के बैंकों का लगभग 6 लाख करोड़ रुपया डूब गया। 52 लाख करोड़ रुपया डूबने वाला है। इन लड़खड़ाते बैंकों को अपने पैरों पर खड़ा करने के लिए सरकार को 3 लाख करोड़ रुपए बैंकों को देना पड़ा। देश का जो धन आम गरीब के विकास के लिए लग सकता था, वह लूटकर आप जैसे लोग विदेश भाग गए।

इतनी अधिक संपत्ति कमाकर, बनाकर और फिर भ्रष्टाचार से और अधिक लूटकर आपको आखिर क्या मिला? आपके घरों में तलाशियाँ हो रही हैं। आपके निजी आवासों का सब कुछ खँगाला जा रहा है। आपके मित्र, संबंधी सहमे-सहमे, डरे-डरे शर्म में डूबे जा रहे हैं। अब आप पूरा जीवन यों ही घर से, देश से दर-बदर होकर भटकेंगे या अदालतों के चक्कर लगाएँगे या फिर जेलों में जीवन बिताएँगे।

मैं जानता हूँ, मेरा यह पत्र आपको नहीं मिलेगा। आपका कोई ठिकाना ही नहीं है और सच बात तो यह है कि मैं यह पत्र आपके लिए लिख भी नहीं रहा हूँ। मैं यह पत्र आपकी तरह के उन नीरव मोदियों को लिख रहा हूँ, जो इसी प्रकार से देश को लूटने में लगे हैं पर अभी पकड़े नहीं गए। भारत जैसे

देश में आजादी के 70 साल के बाद गजनी-गौरी के समय की लूट चल रही है। इससे बड़ा दुर्भाग्य और कुछ नहीं हो सकता। इस देश को प्रकृति ने और भगवान ने सब कुछ दिया है। यदि पूरी व्यवस्था में अनुशासन और ईमानदारी होती, तो आज भारत दुनिया में सबसे अधिक खुशहाल देश होता।

आप जैसों के रास्ते पर चलने वाले ऐसे सब लोगों को इस पत्र द्वारा मैं कहना चाहता हूँ कि असली सुख धन में नहीं है, किसी संपत्ति में नहीं है। सुख तो संतोष में है और संतोष वहीं होता है, जहाँ संतोष कर लिया जाता है। विश्व भर के इतिहास का यही निचोड़ है। सिकंदर दुनिया को जीतने के लिए चला। एक पर एक देशों को जीतता गया, भारत को भी जीता और लूटा। दुनिया भर की संपत्ति लेकर जब लौटने लगा तो बीमार हो गया। घर से संदेश आया कि माँ बीमार है और मरने से पहले अपने बेटे से मिलना चाहती है। सिकंदर चिंतित हुआ। अपने सेनापतियों को बुलाया और कहा—सारा धन-दौलत ले लो पर मुझे बचा लो। हकीमों ने कहा कि अब सारा धन-दौलत भी बचा नहीं सकता। रास्ते में ही मर गया। मरने से पहले सिकंदर ने वसीयत की कि पूरी दुनिया जीतने के बाद भी वह खाली हाथ जा रहा है, इसलिए अंतिम समय पर उसके खाली हाथ अर्थी से बाहर रखे जाएँ। उस पर एक कवि ने लिखा—

'सिकंदर जब गया दुनिया से
दोनों हाथ खाली थे।'

देश में कई जगह इसी प्रकार के पागलपन में कुछ लोग जिस किसी तरह दाँव लगाकर भ्रष्टाचार और लूट में सलिप्त हैं, वे पाप भी कर रहे हैं और देश के साथ धोखा भी कर रहे हैं। अब सरकार जाग गई है, यह लूट अधिक सहन नहीं होगी। सरकार बड़ी सख्ती के साथ इस लूट को अवश्य बंद करेगी। वे सब नीरव मोदी जैसों का अंत देखें। आँखों से पैसे के पागलपन का परदा हटाएँ। एक कवि की इन पक्तियों को याद रखें—

'कर लो इकट्ठे जितने चाहो हीरे-मोती
पर एक बात याद रखना, कफन में जेब नहीं होती।'

□

स्वतंत्र भारत का अंधकार काल

स्वतंत्र भारत के इतिहास में सबसे अधिक दुर्भाग्यपूर्ण और अंधकार पूर्ण आपातकाल के 19 मास का वह समय है। लंबे संघर्ष और बलिदानों से प्राप्त की हुई स्वतंत्रता और लोकतंत्र उस अवधि में लगभग समाप्त हो गया था। पूरा देश एक जेलखाना बन गया था, यहाँ तक की संविधान का मूल अधिकार—जीने का अधिकार भी समाप्त कर दिया गया था।

किसी भी देश का इतिहास नई पीढ़ी को प्रेरणा भी देता है और सावधान रहने के लिए खबरदार भी करता है। वह अंधकार युग समाप्त हो गया था परंतु उसे हर वर्ष याद करते रहना बहुत आवश्यक है।

1975 से पहले के कुछ वर्षों से देश की राजनीति में उथल-पुथल हो रही थी। कुशासन और भ्रष्टाचार के विरुद्ध युवा संगठित हो रहे थे। गुजरात में नव-निर्माण आंदोलन चला। प्रदेश सरकार को भंग करना पड़ा। बिहार में भी युवा संगठित हुए। भ्रष्टाचार के विरुद्ध आवाज उठने लगी। इस सारे आंदोलन के पीछे भारतीय जनमानस की कांग्रेस के विरुद्ध एक विकल्प की खोज भी एक प्रमुख कारण था। 1967 का संविद का अनुभव सफल नहीं रहा था। जनता एक नए विकल्प के लिए छटपटा रही थी। इस आंदोलन को जयप्रकाश नारायण जैसे एक महान् देशभक्त का नेतृत्व मिला और भी बहुत से दल इसमें शामिल होने लगे। देश के सबसे बड़े संगठन राष्ट्रीय स्वयंसेवक संघ ने भी समर्थन देने का निर्णय कर लिया।

उन्हीं दिनों इलाहाबाद उच्च न्यायालय ने राज नारायणजी की चुनाव याचिका को स्वीकार करके श्रीमती इंदिरा गांधी का चुनाव रद्द कर दिया। उन्हें 6 साल के लिए चुनाव लड़ने के लिए भी अयोग्य घोषित कर दिया। उस समय प्रधानमंत्री श्रीमती इंदिरा गांधी के पास अपना पद छोड़ने के अलावा और कोई भी विकल्प नहीं था। कांग्रेस अध्यक्ष श्री हेम बरुआ और प्रधानमंत्री के सुपुत्र श्री संजय गांधी जैसे सलाहकारों से परामर्श करके देश में आपातकाल की घोषणा कर दी गई। मूल अधिकारों को भी स्थगित कर दिया गया। विपक्ष के नेताओं को रातोरात जेल में डाल दिया गया। जयप्रकाश नारायण और श्री अटल बिहारी वाजपेयी जैसे को भी बक्शा नहीं गया। देश एकदम स्वतंत्रता के प्रकाश से एक तानाशाही के अंधकार में धकेला गया।

मुझे भी मीसा में बंदी बनकर जेल जाने का सौभाग्य प्राप्त हुआ। वह युग बड़ा विचित्र था। एक तरफ हम सब बड़े उत्साह में थे। देश में एक बार फिर से स्वतंत्रता का प्रकाश लाने के सपने देखते थे। पूरा दिन योग, व्यायाम और मस्ती में व्यतीत करते थे परंतु कभी-कभी घोर निराशा के क्षण आते थे। जब एक कांग्रेस नेता ने कहा कि 'भारत ही इंदिरा है और इंदिरा ही भारत है' तो हम सब को लगा परिस्थिति इतनी सरल नहीं है। कुछ समय बाद कांग्रेस अध्यक्ष श्री हेम बरुआ का एक बयान छपा, "जेलों के दरवाजे कभी नहीं खुलेंगे, इन सब नेताओं को हमने इसके लिए जेल में रखा है क्योंकि हम इन्हें समुद्र में नहीं फेंक सकते।" ऐसे समाचारों से जेल में हम सब चिंतित भी होते थे।

अखबार और रेडियो में तो कोई भी समाचार नहीं आता था। हम कभी-कभी बी.बी.सी. लंदन के समाचार सुन पाते थे। कई बार ये विचार भी आते थे कि दुनिया के बहुत से देशों में इसी प्रकार से कुछ तानाशाह सब कुछ हथियाते, गद्दी पर बैठे और अपना पूरा जीवन गद्दी पर बैठे रहे। सभी विरोधियों को समाप्त कर दिया। कुछ देशों की ऐसी कहानियाँ सोचकर सब के मन में चिंता भी होती थी परंतु बी.बी.सी. लंदन के समाचारों में देश में आपातकाल के विरुद्ध हो रहे संघर्ष के समाचारों से आशा और विश्वास बढ़

जाता था। हम सब को इतना भरोसा था कि भारत में इस प्रकार की तानाशाही अधिक दिन नहीं चल सकती।

आपातकाल का यह समय इस बात का प्रमाण है कि लोकतंत्र में भी तानाशाही आ सकती है। जब शक्तियों का केंद्रीयकरण होता है और किसी शासक में अहम् की पराकाष्ठा हो जाती है तो इतिहास इस प्रकार अपने आप को दोहराता है। देश को प्रति वर्ष आपातकाल की उस अत्यंत दुर्भाग्यपूर्ण घटना को याद करना चाहिए। क्योंकि यह कहा गया है कि सतत जागरूकता ही स्वतंत्रता का मूल्य है।

अपनी तानाशाही को छुपाने के लिए उस समय श्रीमती इंदिरा गांधी ने नए-नए शब्दों का प्रयोग किया। अनुशासन पर्व लाने से लेकर और काफी कुछ किया। उसी संबंध में उन्हीं दिनों मैंने जेल में एक कविता लिखी थी। उसी के साथ मैं यह बात समाप्त कर रहा हूँ।

तुम्हारा झूठ हारेगा

एक महिला के अहम् ने
देश के सौभाग्य की
स्वातंत्र्य की
जनतंत्र की
उजली धुली तसवीर को
बस, नोच डाला है!
क्या कहा—
'जनतंत्र पटरी से गिरा था?
स्वतंत्रता लाइसेंस बनती जा रही थी?
विपक्षी कर रहे थे देश के टुकड़े?
सुरक्षा देश की विच्छिन्न होती जा रही थी?'
ओ झूठ की देवी!
पाखंड-प्रतिमे!

निज पद सुरक्षा के लिए
किया देश का सब कुछ निछावर?
एक कुरसी को बचाने के लिए
जनतंत्र की
स्वातंत्र्य की
पवन परंपरा की धरोहर
रौंद डाली तृण समझकर।
पर याद रखना—
ये तृण कभी
विद्रोह की अग्नि बनेंगे
छल-कपट के फूस को
स्वाहा करेंगे!
तब तुम्हें अपना आप ही
धिक्कारेगा
यह देश जीतेगा,
तुम्हारा झूठ हारेगा!

□

योग एक ईश्वरीय वरदान

योग दिवस रस्म न बने—योग जीवन का हिस्सा बने

भारतीय ऋषि-मुनियों ने अध्यात्म चिंतन में सबसे ऊँचे शिखर छुए थे परंतु शरीर के संबंध में भी पूरा विचार किया था, 'शरीर माध्यम खलु धर्म साधनम्' यह भारतीय चिंतन का एक प्रमुख आधार है। धर्म की साधना के लिए भी शरीर आवश्यक है। इसी आधार पर हजारों वर्ष पहले भारत में महाऋषि पतंजलि ने विश्व को योग का वरदान प्रदान किया।

भारत में योग कुछ आश्रमों तथा संस्थाओं तक सीमित रहा। स्वामी रामदेवजी ने पहली बार योग को जन-जन तक पहुँचाने का अत्यंत प्रशंसनीय और ऐतिहासिक काम किया। प्रधानमंत्री श्री नरेंद्र मोदी ने राष्ट्रसंघ द्वारा योग को अंतरराष्ट्रीय मान्यता प्रदान करवाई। यह भारत के लिए अत्यंत गौरव का विषय है कि 21 जून को पूरे विश्व में 'योग दिवस' मनाया जाता है। आज बीजिंग से लेकर पेरिस तक सब योग कर रहे हैं।

योग के शारीरिक और आध्यात्मिक दो पक्ष हैं। विभिन्न आसनों द्वारा पूरे शरीर का व्यायाम करके शरीर स्वस्थ रहता है। प्राणायाम के द्वारा मन की शुद्धि होती है और ध्यान के द्वारा जब सब ओर से मन का केंद्रीयकरण होता है तो शरीर और मन का तनाव समाप्त होता है। तनाव ही तन और मन की सभी बीमारियों का मुख्य कारण है।

योग का महत्त्वपूर्ण पक्ष आध्यात्मिक है। योग मुझे उससे मिलाता है, जो मैं हूँ। मैं केवल शरीर नहीं, केवल मन नहीं, मैं इस शरीर और मन से भी भीतर वह हूँ, जो इस शरीर से पहले भी था और इस शरीर के समाप्त होने के बाद

भी रहेगा। मैं इस ब्रह्मांड का संचालन करने वाली उस शाश्वत परम सत्ता का अंश हूँ। मैं आत्मा हूँ, केवल यह शरीर नहीं, यह अनुभूति मनुष्य को एक बड़े व्यापक धरातल पर खड़ा करती है। यही भारतीय आध्यात्मिक चिंतन का कर्म है। हम सब उस एक परम सत्ता का अंश हैं, इसीलिए कहा गया है—'वसुधैव कुटुम्बकम्' अर्थात् सारा विश्व एक परिवार है।

स्वामी विवेकानंद एक बार बीमार हुए। एक शिष्य ने पत्र में चिंता प्रकट की और लिखा, 'यदि आपको कुछ हो गया तो हम कहाँ जाएँगे।' स्वामीजी ने उत्तर दिया, 'मुझे कभी कुछ हुआ नहीं और न ही कभी कुछ होगा। यह बीमारी शरीर को है, मुझे नहीं है।' एक विदेशी शिष्य ने चिंता में भावुक होकर स्वामीजी को एक कविता लिखी। स्वामीजी ने उसे कविता में ही उत्तर दिया। उस कविता का अनुवाद हिंदी के प्रसिद्ध कवि श्री निराला ने किया। कुछ पंक्तियाँ मैं गुनगुनाता रहता हूँ। आप भी गुनगुनाया करिए।

बहुत पहले, बहुत पहले
जब कि रवि, शशि और उडगन भी नहीं थे
इस धरा का भी न था अस्तित्व कोई
और जब यह समय भी उपजा नहीं था
मैं सदा था, आज भी हूँ और आगे भी रहूँगा।

अर्थात् मैं तब भी था, जब प्रलय के बाद सृष्टि प्रारंभ नहीं हुई थी। यही भारतीय अध्यात्म चिंतन का सारांश है, जिसे पढ़कर जर्मन के प्रसिद्ध विद्वान् प्रो. मैक्समूलर ने कहा था, "अध्यात्म की इतनी ऊँचाइयों पर भारतीय ऋषि ही साँस ले सकते थे, कोई और पहुँचता तो नसें फट गई होतीं।" स्वामी विवेकानंदजी की प्रो. मैक्समूलर से भेंट भी हुई थी।

योग में जब ध्यान किया जाता है तो सबसे पहले चारों ओर से मन को हटाकर दोनों आँखों के बीच के बिंदु पर लगाया जाता है। इस अभ्यास के बाद धीरे-धीरे साक्षी भाव द्वारा मनुष्य अपने को अलग करके अपने शरीर को देखता है। धीरे-धीरे यह एकाग्रता इतनी तीव्र हो जाती है कि अ मन की स्थिति आती है और जितना समय मन नहीं होता, वह समय मनुष्य के आत्म

मिलन का होता है। ध्यान की यह अवस्था जितनी अधिक होती है, उतना ही तन और मन का तनाव कम होता है। तनाव जितना कम होता है, शरीर और मन की बीमारियाँ उतनी ही दूर होती जाती हैं। इसी ध्यान की स्थिति के बाद समाधि की स्थिति आती है।

आज का स्वास्थ्य विज्ञान यह स्वीकार करता है कि मनुष्य के शरीर में करोड़ों जीवाणु होते हैं। समय पाकर वे सुस्त होते हैं, निष्क्रिय होते हैं और फिर बीमार होते हैं। शरीर के जिस अंग में जितने जीवाणु अधिक निष्क्रिय हो जाते हैं, वहीं बीमारी शुरू होती है। प्राणायाम की विभिन्न क्रियाओं द्वारा शरीर में ऑक्सीजन का प्रवेश होता है। शरीर में जहाँ-जहाँ जितनी ऑक्सीजन पहुँचती है, उतने ही जीवाणु सक्रिय रहते हैं और शरीर स्वस्थ रहता है।

मैं योग के लिए समर्पित हूँ। मैं और मेरी धर्मपत्नी प्रात:काल योग, प्राणायाम और ध्यान से ही अपना दिन प्रारंभ करते हैं। हमने विवेकानंद ट्रस्ट द्वारा पिछले 13 वर्षों से पालमपुर में 'कायाकल्प' की स्थापना की है। कायाकल्प में भारत ही नहीं, विदेशों से भी लोग आते हैं। अमेरिका की एक संस्था प्रति वर्ष विद्यार्थियों को योग सीखने के लिए भेजती है। भारत सरकार द्वारा आयुष मंत्रालय का विशेष प्रमाण-पत्र (NABH) और अंतरराष्ट्रीय मान्यता का ISO: 9001.2008 कायाकल्प को प्राप्त हुआ है। यह भारत का एक प्रमुख योग केंद्र बन गया है।

पूरे विश्व में और भारत में योग का बहुत प्रचार हो रहा है पर मुझे एक चिंता है कि भारत की नई युवा पीढ़ी, नई तकनीक मोबाइल और इंटरनेट से इतनी प्रभावित हो रही है कि कई जगह चिंता का विषय बन गया है। मोबाइल एक वरदान है परंतु इसके अत्यधिक प्रयोग से कई जगह यह एक अभिशाप बनता जा रहा है। कुछ युवाओं में यह एक नशा बन रहा है। विश्व स्वास्थ्य संगठन (WHO) ने गेमिंग को एक बीमारी घोषित करके उससे युवाओं को सावधान किया है। नई पीढ़ी कहीं भटक न जाए, इसलिए योग की सबसे अधिक आवश्यकता नई पीढ़ी के लिए है। मैं भारत सरकार से यह आग्रह कर रहा हूँ कि योग को शिक्षा के प्रारंभ से एक अनिवार्य विषय बनाया जाए। योग

पढ़ाया जाए, बताया भी जाए और सिखाया भी जाए। यदि योग दैनिक जीवन का हिस्सा बन जाए तो बीमारियाँ नहीं आएँगी, आएँगी भी तो देर से आएँगी और बहुत कम आएँगी। कुछ वर्षों के बाद देश में स्वास्थ्य बजट आधा रह जाएगा। विश्व स्वास्थ्य संगठन की एक रिपोर्ट में कहा गया था कि विश्व में जितने लोग मरते हैं, उनमें से आधे बीमारियों से मरते हैं और आधे दवाइयों के अत्यधिक और गलत प्रयोग से तथा गलत जीवनशैली से मरते हैं। योग उन सब को बचा सकता है।

21 जून केवल एक रस्म बनकर न रह जाए। योग हमारे दैनिक जीवन का एक आवश्यक हिस्सा बने, तभी योग दिवस मनाना सार्थक होगा।

□

अतिक्रमण का मूल कारण है बढ़ती हुई जनसंख्या

देश की राजधानी दिल्ली में अतिक्रमण की समस्या को लेकर उच्चतम न्यायालय केंद्र सरकार को निरंतर सचेत करता रहा है। माननीय न्यायालय ने दिल्ली सरकार के अधिकारियों पर टिप्पणी करते हुए कहा था या तो वे सोए हुए हैं या फिर उन्होंने समस्याओं के प्रति आँखें मूँद ली हैं। दिल्ली में अतिक्रमण के मामले पर सुनवाई के दौरान राष्ट्रीय राजधानी का जो भयावह चेहरा नजर आया, वह अत्यंत ही खौफनाक है। माननीय अदालत ने बताया, राष्ट्रीय राजधानी दिल्ली की 2200 किलोमीटर से अधिक सड़कों, फुटपाथों और गलियों में अवैध रूप से कब्जा किया हुआ है। यह लंबाई नई दिल्ली से कन्याकुमारी जितनी है। यह टिप्पणी समस्या की गंभीरता को रेखांकित करती है। माननीय उच्चतम न्यायालय ने अपनी विवेचना के दौरान यह भी बताया कि हर आदमी कानून को अपने हाय में ले रहा है। अदालत का मानना था कि दिल्ली में 51,000 ऐसे घर हैं, जहाँ व्यावसायिक कार्य किया जाता है।

दिल्ली कचरे के ढेर पर बैठी है और मुंबई सिकुड़ रहा है। यह तो बड़े महानगरों का हाल है। अतिक्रमण की समस्या का हल ढूँढ़ने की बजाय, इस मामले पर सभी राजनीतिक दल गंभीरता से विचार नहीं कर रहे हैं। अतिक्रमण की समस्या विकराल रूप धारण कर रही है। हिमाचल जैसे छोटे राज्य में भी अतिक्रमण के कारण नित नई समस्याएँ पैदा हो रही हैं। हिमाचल में तो वन-भूमि के अतिक्रमण के ढेरों मामले हैं। गत वर्ष अगस्त मास में प्रदेश के सोलन

जिले के कसौली में अतिक्रमण हटाने गई एक महिला अधिकारी की होटल मालिक ने गोली मारकर हत्या कर दी थी, जिसका उच्चतम न्यायालय ने संज्ञान लिया था और दोषी अधिकारियों पर उचित अनुशासनात्मक काररवाई करने का राज्य सरकार को निर्देश दिया था। वन-भूमि के अतिक्रमण के मामलों को लेकर तो हिमाचल के सेब-बागीचों के मालिकों में भारी रोष है।

वास्तव में हमारे देश की बढ़ती जनसंख्या इन सब समस्याओं की जड़ है। बढ़ती जनसंख्या ने आर्थिक विषमता को जन्म दिया है। इस आर्थिक विषमता ने गरीब को और गरीब बना दिया है। अमीरी चमकती रही और गरीबी सिसकती रही। 130 करोड़ की जनसंख्या वाले देश में 27 करोड़ लोग गरीबी की रेखा से नीचे रह रहे हैं। मेरा यह दृढ विश्वास है कि देश दीवार पर लिखे हुए को नहीं पढ़ रहा। आर्थिक विषमता से एक तरफ चमकती अमीरी और अधिक चमक रही है और दूसरी तरफ गरीब की सिसकियाँ और अधिक पीड़ादायी हो रही हैं। नौकरियों की तलाश में बेरोजगार युवक दर-दर भटक रहे हैं। गरीबी, पिछड़ेपन और बेरोजगारी से निराश-हताश युवा पीढ़ी रास्ता भटक रही है और अपराध के रास्ते पर बढ़ रही है। नक्सलवाद उन्हें गुमराह करने में सफल हो रहा है। केंद्र सरकार नक्सलवाद को समाप्त करने के लिए निरंतर प्रयासरत है क्योंकि नक्सली हिंसा को हर परिस्थिति में दबाना अति आवश्यक है लेकिन यह प्रयास संयुक्त रूप से करना अति आवश्यक है क्योंकि नक्सलियों द्वारा जिन परिस्थितियों में गाँव के गरीबों को भड़काया जा रहा है यदि ये परिस्थितियाँ नहीं बदलीं तो यह अभियान विफल हो जाएगा। नक्सली हिंसा सामाजिक विषमता और आर्थिक तंगहाली का ही परिणाम है।

□

सामाजिक न्याय के बिना विकास गरीब से अन्याय

67 वर्ष बीत गए। पंचवर्षीय योजनाएँ आईं, चलीं और चलती गईं। समय-समय पर कई नारे गूँजते रहे। 'गरीबी हटाओ'—21वीं सदी में चलो, 'शाइनिंग इंडिया' और न जाने कितना कुछ कहा जाता रहा, विकास भी होता रहा। दुनिया के करोड़पतियों की सूची में भारत के करोड़पतियों की संख्या भी बढ़ती चली गई।

परंतु 68वें स्वतंत्रता दिवस पर लाल किले से आम व्यक्ति के दुःख-दर्द जानने वाले प्रधानमंत्री श्री नरेंद्र मोदी ने भारत के गाँव में शौचालय बनाने की बात की, यहाँ तक कहा कि देश की महिलाएँ कब तक अँधेरा होने का इंतजार करती रहेंगी। क्या देश के विकास का यह एक शर्मनाक पहलू नहीं है। देश के लगभग 70 प्रतिशत लोगों को शौचालय तक की सुविधा प्राप्त नहीं है। उस दिन दुनिया भर के लोग प्रधानमंत्री के भाषण के इस अंश को सुनकर क्या सोच रहे होंगे, यह सोचकर ही सिर शर्म से झुक जाता है। यह एक कसौटी ही काफी है बीते 67 वर्षों के विकास को परखने के लिए···

यह कोई नहीं कह सकता कि देश में विकास नहीं हुआ। विकास तो हुआ पर सामाजिक न्याय नहीं हुआ। सबसे ऊपर के लोगों को विकास का लाभ सबसे अधिक मिला। मध्य में रहने वालों को थोड़ा-थोड़ा मिला परंतु सबसे नीचे के अति गरीब को या तो लाभ मिला ही नहीं या बहुत कम मिला। आज देश की आर्थिक व्यवस्था यह है कि देश की 80 प्रतिशत संपत्ति 20

प्रतिशत धनवानों के पास है और 80 प्रतिशत जनता के पास केवल 20 प्रतिशत संपत्ति है। अभी-अभी एक समाचार आया था कि देश के पाँच बड़े सरमाएदारों के पास देश की आधी संपत्ति है।

राष्ट्रसंघ खाद्य रिपोर्ट के अनुसार विश्व में सबसे अधिक भूखे लोग भारत में रहते हैं। कुपोषण से मरने वाले बच्चों की संख्या भारत में सबसे अधिक है। भुखमरी के कारण लोग मरते हैं, आत्महत्या करते हैं। कई बार ऐसे दिल दहला देने वाले समाचार भी आते हैं कि भुखमरी से विवश होकर माता-पिता ने अपने बच्चों को बेच दिया।

भारत में बहुत से महापुरुषों ने बहुत पहले आर्थिक विषमता की इस समस्या को पहचाना था। सावधान भी किया था। मार्गदर्शन भी दिया था परंतु दुर्भाग्य कि उस पर ध्यान नहीं दिया गया। आज से सवा सौ साल पहले आधुनिक भारत के निर्माता स्वामी विवेकानंद ने यहाँ तक कहा था कि देवी-देवताओं को भूल जाओ। गाँव का गरीब ही तुम्हारा देवता है और उसकी सेवा ही भगवान की सबसे बड़ी पूजा है। उस क्रांतिकारी संन्यासी ने यहाँ तक कहा था कि जिसका दिल गरीब को देखकर पसीजता नहीं, वह महात्मा नहीं, अपितु दुरात्मा है। इतना ही नहीं, देश के गरीबों को देखकर स्वामी विवेकानंद ने यहाँ तक कह दिया था कि जो लोग भारत के साधनों का उपयोग करके अपने पैरों पर खड़े हो जाते हैं परंतु न गरीबों के बारे में कभी कुछ सोचते हैं और न ही उनके लिए कुछ करते हैं, वे सब देशद्रोही हैं। यह कहने का साहस आज भी शायद किसी में नहीं है। हम आज विचार करें कि उस दूरदर्शी स्वामी ने कितना पहले देश को सावधान कर दिया था।

महात्मा गांधीजी ने यही सोचकर अंत्योदय का मंत्र दिया था। उन्होंने कहा था, जो सबसे पीछे रह गया और सबसे गरीब है, उसका विकास सबसे पहले और सबसे अधिक किया जाना चाहिए। देश के और भी कई महापुरुषों ने समय-समय पर इस आर्थिक विषमता को दूर करने की बात कही थी।

स्वतंत्रता के बाद रूस के आर्थिक आयोजन की नकल करके पंचवर्षीय योजना चली परंतु देश में गरीबी को दूर करने के प्रयत्न नहीं हुए। आर्थिक

विकास होता रहा, अमीर, अमीर होता रहा और गरीब और अधिक गरीब होता गया। कुछ क्षेत्र, विशेषकर आदिवासी इलाके बहुत अधिक पिछड़ गए और आर्थिक विषमता की ज्वाला में झुलसने लगे, उसी का परिणाम नक्सलवाद है। योजना आयोग ने 15 विद्वानों की एक कमेटी नक्सलवाद के कारणों का पता लगाने के लिए बनाई थी। उस कमेटी की विस्तृत रिपोर्ट का निष्कर्ष यही है कि वर्षों से पिछड़े गरीबी की आग से झुलसते गरीब आदमी ने विवश होकर नक्सलवाद का रास्ता अपनाया है। रिपोर्ट के अनुसार एक निष्कर्ष में कहा था कि सरकार को इन अति गरीब लोगों का आर्थिक विकास करने के लिए नक्सलवाद का इंतजार नहीं करना चाहिए था।

ऐसा लगता है कि योजना बनाने वालों को इंडिया का पता था परंतु भारत का बिल्कुल भी पता नहीं था। आम गरीब आदमी की बुनियादी जरूरतों के बारे में सोचा ही नहीं गया। हर सुबह हर व्यक्ति की पहली जरूरत शौचालय होती है, उस का भी प्रबंध नहीं किया गया। आज की माँ-बहनें हाथ में लोटा लिये रात के अँधेरे का इंतजार करती इधर-उधर दिखाई देती हैं। जो गाड़ियाँ सुबह दिल्ली पहुँचती हैं उनमें बैठे यात्रियों को देश की राजधानी में चारों तरफ खुले में शौच करते लोग दिखाई देते हैं। प्रधानमंत्री के भाषण से मुझे स्वयं बचपन के वे दिन याद आए, जब मैं हाथ में लोटा लिये गाँव से बाहर किसी एकांत जगह की तलाश में जाया करता था। कभी-कभी बीमार होने पर क्या होता था, यह सोचकर आज भी मन काँप जाता है। विवाह के बाद मैं तब तक अपने गाँव में एक रात भी नहीं रहा, जब तक मेरे बड़े भाई ने अपने मकान में शौचालय नहीं बनवाया।

जिन महात्मा गांधीजी की हम पूजा करते हैं और जिनका नाम लेते भारत थकता नहीं, उन्होंने भी इस समस्या को अनुभव किया था। वे हरिजनों की बस्ती में भी रहते थे। कई बार स्वयं शौचालय को साफ करते थे। एक संदेश देना चाहते थे कि यह कितना आवश्यक है। देश जब स्वतंत्रता की लड़ाई लड़ रहा था तो महात्मा गांधीजी ने यहाँ तक कहा था कि साफ-सफाई स्वतंत्रता से भी अधिक जरूरी है। वे दूरदर्शी नेता थे। इस देश ने महात्मा गांधीजी की

पूजा तो बहुत की परंतु उनकी कोई बात नहीं मानी। उन्हीं भावनाओं को व्यक्त करते हुए, जब श्री नरेंद्र मोदी ने अपने चुनाव भाषण में कहा था, "पहले शौचालय, फिर देवालय।" तो देश में बहुत से लोगों ने आलोचना की थी।

15 अगस्त, 2014 को भले ही श्री नरेद्र मोदी लाल किले की ऊँची प्राचीर पर खड़े होकर भाषण दे रहे थे परंतु ऐसा लग रहा था कि वे किसी गाँव की टूटी-फूटी झोंपड़ी के पास भाषण दे रहे हैं। प्रधानमंत्री वाणी से नहीं, दिल से बोल रहे थे। लाल किले की ऊँची प्राचीर पर खड़े होकर वे बड़े-बड़े लोगों की बड़ी-बड़ी बातें नहीं अपितु नीचे के छोटे आम आदमी की प्रतिदिन की कठिनाइयों पर बोल रहे थे। विकास की योजना को नीचे से शुरू करने की जरूरत है, उनके भाषण का यही सार-संदेश था।

□

दिल्ली विधानसभा चुनाव का परिणाम एक संदेश भी, एक खतरनाक चेतावनी भी

दिल्ली विधानसभा चुनाव का परिणाम देश की दो सबसे बड़ी पार्टियों की करारी हार ही नहीं है, भारतीय राजनीति में एक बहुत बड़ी नई मानसिक सोच की शुरुआत भी है। देश की राजधानी में एक बिल्कुल नई पार्टी द्वारा दो बड़ी राष्ट्रीय पार्टियों का इस प्रकार का सफाया, एक असाधारण घटना है। एक तरफ से दूसरी तरफ, सब लोगों के दिल में ऐसी एक लहर चली कि मुश्किल से तीन भाग्यशाली विधायक ही बच पाए।

कांग्रेस तो एक परिवार के पिंजरे में कैद है। इतने बड़े देश की इतनी पुरानी और इतनी बड़ी पार्टी एक परिवार से बाहर जाएगी नहीं और इसी कारण अब उसका कोई भविष्य नजर नहीं आता। यदि भाजपा ने ईमानदारी से समीक्षा और आत्म-निरीक्षण किया तो उसके बढ़ते रथ को कोई रोक नहीं सकता और यदि नहीं किया, तो यह चुनाव उसके लिए एक खतरनाक चेतावनी सिद्ध होगा।

सच्चाई यह है कि आम गरीब आदमी, गरीबी, बेराजगारी व आर्थिक विषमता की पीड़ा के कारण धैर्य खो चुका है। इसी कारण कुछ इलाकों में कुछ अति गरीब लोगों ने हाथ में बंदूक लेकर नक्सलवाद का रास्ता चुन लिया है। बड़े-बड़े वायदे करके सरकारें सत्ता में आईं पर सारे वायदे किसी ने पूरे

नहीं किए। विकास हुआ पर सामाजिक न्याय नहीं हुआ। एक तरफ अमीरी चमकती रही और झोंपड़ी में गरीबी सिसकती रही।

कांग्रेस तो भ्रष्टाचार में पूरी तरह डूब गई। भाजपा भी सत्ता में आने पर कहीं-कहीं भ्रष्टाचार से समझौता करती रही। मध्य प्रदेश का व्यापम घोटाला चर्चा में है। भाजपा के सैकड़ों नेता जेल जा चुके हैं। मैं एक प्रदेश का प्रभारी था। सरकार हमारी थी। एक सरकारी अधिकारी मुसीबत में था। संबंधित मंत्री से उसका तबादला करने के लिए कहा—उसे कहा गया कि तुम्हारी सिफारिश तो बहुत बड़ी है परंतु यह काम 5 लाख से कम में नहीं होता, तुम से केवल दो लाख ही लेंगे। दो लाख की राशि लेकर उनका तबादला कर दिया गया। सारे तथ्यों की पुष्टि करने के बाद मैं राष्ट्रीय अध्यक्षजी के पास गया था और कहा था कि या तो उस मंत्री को तुरंत हटाएँ या मुझे प्रभारी के पद से मुक्त कर दें लेकिन कुछ नहीं हुआ। इस संबंध में मेरे एक मित्र कहने लगे, जनता अब सबसे निराश हो गई है और आजकल यह कहती है, "हम को तो जो भी दोस्त मिले, बेवफा मिले।"

लोकसभा चुनाव में भ्रष्टाचार से दुःखी जनता जागी। राष्ट्रीय स्तर पर एक जुझारू उदीयमान नेता श्री नरेंद्र मोदी के नेतृत्व में विकल्प केवल भाजपा दिखा तो अभूतपूर्व बहुमत दे दिया लेकिन जहाँ भाजपा के अलावा कोई और विकल्प दिखा, वहाँ उसे भी सहयोग दिया। पंजाब में हमारी सरकार कई आरोपों के घेरे में थी। बहुत कुछ भ्रष्टाचार में डूबा था। वहाँ नई आप पार्टी को बिना किसी संगठन के 24 प्रतिशत वोट और चार सीटें दे दी। हमारे एक राष्ट्रीय नेता हार गए। लोगों के सामने चुनाव बड़े चोर और छोटे चोर के बीच हो गया। मुझे डर है कि आप पार्टी की अगली सरकार पंजाब में न बने। केंद्र की सरकार बनते ही बहुत निर्णय, घोषणाएँ और भाषण होने लगे। हम नेताओं के हाथ में झाड़ू दिया गया, अखबारों में फोटो छपे परंतु गंदगी वैसे की वैसी रही। नारे उपहास बनने लगे। निराशा और बढ़ी और दिल्ली में एक चौंकाने वाली हार हो गई।

भाजपा कभी जनसंघ के रूप में मूल्यों की राजनीति के लिए जानी जाती

थी। ईमानदार-समर्पित कार्यकर्ता और मूल्यों की राजनीति के कारण ही कुछ न होने पर भी जनता ने इतना समर्थन दिया कि चलते-चलते विश्व की एक बड़ी पार्टी बन गई। मुझे 1951-52 के दिन भी याद हैं। 19 वर्ष की आयु में जब मैं युवा साथियों के साथ कश्मीर आंदोलन में 8 महीने जेल में रहा था तो हमारी क्या सोच थी। केवल देशभक्ति और समर्पण उस समय के जनसंघ के कार्यकर्ता की प्रेरणा थी। 1977 में सत्ता में आने पर भी काफी कुछ सँभालकर रखा था परंतु धीरे-धीरे सब चलता है, के नाम पर भ्रष्टाचार से समझौते होने लगे, सहन किए जाने लगे। कहीं-कहीं ईमानदार-समर्पित कार्यकर्ता पीछे धकेले गए, कुछ न करते हुए आगे बढ़ते दिखने के प्रबंधन में कुशल नेता पदासीन होने लगे। यह स्थिति अभी तक कम है पर शुरू हो गई है।

एक बार श्री दीनदयाल उपाध्यायजी से पूछा गया कि यदि जनसंघ में भ्रष्टाचार आ जाए तो क्या करेंगे? उत्तर था—कभी आएगा नहीं और यदि आ ही गया तो हम जनसंघ को भंग करके नई पार्टी बनाएँगे। उसके बाद मुझे याद है अटलजी अपने अंदाज में दोनों हाथ उठाकर कहते थे, "है कोई माई का लाल, जो मेरी पार्टी के किसी नेता पर उँगली उठाए।" भीड़ सहमति में तालियाँ बजाती रहती थी और अब मैंने अपने राष्ट्रीय अध्यक्षजी को मंच पर कहते सुना, "दूध के धुले तो हम भी नहीं रहे परंतु हम बाकियों से अच्छे हैं।" मैं जनसंघ के समय से पार्टी से जुड़ा हूँ। 19 वर्ष की आयु में जेल गया, फिर चला तो अभी तक चल रहा हूँ, न कभी रुका, न थका, न झुका। मूल्यों की राजनीति में इस अवमूल्यन को देखकर मन बहुत दुःखी होता है। उस समय के वे सब समर्पित कार्यकर्ता याद आते हैं, जो आज की पार्टी व सत्ता के नींव के पत्थर बनकर चले गए।

दिल्ली के चुनाव ने यह भी संदेश दिया है कि आम गरीब आदमी अपने लिए राहत की बात सुनना चाहता है। झुग्गी-झोंपड़ी के गरीब ने जब प्रधानमंत्री के 10 लाख रु. के सूट की बात सुनी तो उस पर उसका असर हुआ। जिन लोगों को दो वक्त की सूखी रोटी नहीं मिलती, उन्हें प्रधानमंत्री द्वारा 10 लाख रु. का सूट सचमुच बहुत वेदना दे गया होगा। बधाई देता हूँ प्रधानमंत्रीजी को

कि अब उस सूट की नीलामी कर रहे हैं परंतु दुःख इस बात का है कि सूट की नीलामी से पहले दिल्ली में वोटों की नीलामी हो चुकी है।

घर वापसी और धार्मिक उन्माद के भाषणों से प्रबुद्ध नागरिकों पर बहुत बुरा असर पड़ा। लोकसभा चुनाव में कई जगह अल्पसंख्यकों के वोट मिले थे पर दिल्ली में वे पूरी तरह दूर हो गए। प्रबुद्ध समझदार हिंदुओं को भी ये सारी बातें अच्छी नहीं लगीं। इन तथाकथित हिंदू नेताओं को एक बात याद रखनी चाहिए कि हिंदू मानसिक रूप से मतावलंबी नहीं हैं, आधुनिक भाषा में सेक्युलर हैं। इस दृष्टि से प्रमुख हिंदू नेता भाई परमानंद वीर सावरकर व स्वामी करपात्रीजी भी हिंदू राजनीतिक दल बनाने में सफल न हुए। भारतीय जनसंघ में एक व्यापक दृष्टिकोण व उसी को राष्ट्रवाद के नाम पर अपनाया तो देश की राजनीति में एक महाशक्ति बनी। कुछ हिंदू नेता भाजपा को हिंदू महासभा बनाना चाहते हैं।

प्रधानमंत्रीजी ने इस संबंध में जो कल कहा यदि वह सब कुछ दिल्ली चुनाव से पहले कहा जाता तो शायद कुछ लाभ होता। मुझे तो घर वापसी की बात बिल्कुल समझ नहीं आई। मैं उन हिंदू नेताओं से कहना चाहता हूँ कि पहले अपने घर को तो सँभालें। पाखंड और कुरीतियाँ हिंदू धर्म को लज्जित कर रही हैं। प्रति वर्ष हिंदुओं में लाखों भ्रूण हत्याएँ होती हैं। मंदिर में देवी की पूजा, घरों में कन्या पूजा और नई जन्म लेने वाली कन्या की जन्म लेने से पहले हत्या। यह पाखंड प्रतिदिन बढ़ता ही जा रहा है। कई जगह लिंग अनुपात इतना बिगड़ गया है कि विवाह के लिए लड़कियाँ नहीं मिल रही हैं। कुँआरों की संख्या बढ़ रही है। एक नया धंधा शुरू हो गया है। कुछ प्रदेशों से गरीब घरों की लड़कियाँ खरीदी जा रही हैं। कई जगह ये लड़कियाँ कुँआरों को बेची जा रही हैं। कुछ मंदिरों में आज भी धर्म के नाम पर दलितों को प्रवेश नहीं दिया जाता। सैकड़ों साल पहले जिन कारणों से अपने ही समाज में करोड़ों लोग मुसलिम-ईसाई बने, उन कारणों को आज भी ठीक नहीं किया जा रहा है। केवल तलवार से ही धर्म परिवर्तन नहीं हुआ है। घर सुधर नहीं रहा और घर वापसी करने के लिए हम उतावले हो रहे हैं।

स्वामी विवेकानंद ने इन सब पाखंडपूर्ण कुरीतियों का विरोध करते हुए यहाँ तक कहा था कि यदि यही हालत रही तो सौ साल बाद सब पागलखाने पहुँच जाएँगे। आज कई जगह वैसी स्थिति बनती दिख रही है।

मुझे प्रसन्नता है कि प्रधानमंत्रीजी ने स्वामी विवेकानंदजी का नाम लिया। आज के हिंदू नेता यदि स्वामी विवेकानंद को पढ़ लें तो घर वापसी जैसी व्यर्थ बातें समाप्त हो सकती हैं। शिकागो की धर्म सभा में स्वामी विवेकानंद ने कहा था कि भगवान के मंदिर में जाने के लिए कई रास्ते हैं। सभी को अपने-अपने रास्ते से जाने का अधिकार है। उन्होंने कहा कि भारत के वेदांत के अनुसार किसी को अपना धर्म बदलने की आवश्यकता नहीं है।

आज से एक सदी पहले गुलाम भारत का 30 वर्ष का एक युवा संन्यासी स्वामी विवेकानंद शिकागो में भाषण देकर पूरी दुनिया को हिंदू धर्म समझाने में सफल हुआ था परंतु आज स्वतंत्र भारत के इतने संगठन और नेता अपने ही देश में हिंदू धर्म को समझा नहीं पा रहे हैं। इसका सबसे बड़ा कारण यह है कि इन समझाने वालों को स्वयं ही हिंदू धर्म का कुछ भी पता नहीं है। हिंदू धर्म पूजा-पद्धति नहीं, उसकी केवल एक पुस्तक नहीं। किसी एक पैगंबर ने उसको शुरू नहीं किया। हिंदू धर्म पूजा-पद्धति की नदियों का एक महासमुद्र है। इसीलिए भारत ने विश्व भर में सहनशीलता की एक मिसाल कायम की है। उस महासमुद्र को एक छोटी नदी में बदलने का प्रयत्न हिंदू धर्म की मूल भावना का अपमान है।

भाजपा में आज भी बहुत कुछ सँभला हुआ है। यद्यपि कुछ-कुछ खिसकने लगा है। आज भी संघ परिवार में चिंता है। समर्पित विचारवान नेता-कार्यकर्ता हैं। लोकसभा चुनाव की सफलता ऐतिहासिक है, एक सुनहरा अवसर है। शायद दुबारा न मिले। बहुत कुछ किया जा सकता है। साहस व हिम्मत से नेतृत्व समीक्षा करें, कुछ कड़े कदम उठाएँ। किसी भी प्रकार के भ्रष्टाचार से कहीं रत्ती भर भी समझौता न करने का साहसिक निर्णय करें तो 'परम वैभवमनेतुम एतत्स्वराष्ट्रम्' का चिर संकल्प पूरा किया जा सकता है।

□

नैतिकता व साहस, देश की सबसे बड़ी जरूरत

मैंने अपना अध्ययन और लेखन भारत के स्वतंत्रता संग्राम के इतिहास से शुरू किया था। क्रांतिकारी इतिहास पर मेरी पहली पुस्तक प्रकाशित हुई थी। उस समय के स्वतंत्रता संग्राम के उन योद्धाओं को याद करता हूँ और आज की राजनीति के अधिकतर नेताओं को देखता हूँ तो हैरानी ही नहीं होती, एक गहरा सदमा भी लगता है।

स्वतंत्रता संग्राम में पूना के चापेकर परिवार के तीन बेटे, बड़े भाई दामोदर को फाँसी की सजा हो गई, दूसरे बालकृष्ण पर मुकदमा चल रहा था और तीसरा 16 साल का वासुदेव माँ के पास खड़ा हो गया और कहा, "माँ, जिस रास्ते पर दो भाई गए हैं, उसी रास्ते पर मैं भी जाना चाहता हूँ।" माँ ने मौन आशीर्वाद दिया और तीनों को बारी-बारी से फाँसी की सजा हुई। विश्व इतिहास में शायद यह एक मात्र उदाहरण है, जहाँ एक माँ के तीन बेटों को आजादी की लड़ाई से फाँसी हुई हो।

वीर सावरकर अंडमान की जेल में कोल्हू में जोते गए। तेल निकालकर वापस अपनी कोठरी की तरफ आ रहे थे, तभी सामने से आते एक कैदी को देखकर हैरान हुए, कदम रुक गए, एकदम पूछा, "भैया तुम भी यहाँ··· कब से।" बड़ा भाई बोला, "कुछ महीने हो गए।" एक ही जेल में दो भाई कई महीने से थे पर मिले पहली बार। दोनों भाइयों की आँखों से आँसू टपके। वीर सावरकर ने पूछा, "भइया, छोटा भाई कहाँ है।" आँसू पोंछते

हुए बड़े भाई ने कहा, "वह नासिक जेल में बंद है।" जेलर ने डाँटते हुए दोनों को अलग कर दिया। वीर सावरकर अपनी कोठरी में आए और दीवार में लगाई भगवान की मूर्ति के सामने हाथ जोड़े और कहने लगे, "हे प्रभु, दो ही भाई क्यों दिए थे यदि दस दिए होते तो देश की आजादी की लड़ाई में सभी संघर्ष करते जेल जाते।" कैसा देशभक्ति का जुनून था, उस युग के देशभक्तों में।

उन देशभक्तों में कहीं कोई मौत का भी डर नहीं था। फाँसी के फंदों पर भी मुसकराते हुए झूल जाते थे परंतु आज क्या हो गया? उन्हें तो मरने का भी डर नहीं था परंतु आज इन्हें न सच कहने की हिम्मत है, न सच सुनने की हिम्मत है। उन्हें तो सब कुछ बलिदान करते हुए भी गौरव का अनुभव होता था और इन्हें कुरसी खिसकते ही कँपकँपी लगने लगती है। वे फाँसी के फंदों पर भी भारत माँ की जय बोलते थे और आज पद व पैसे के लिए ईमान बेचते फिरते हैं।

सार्वजनिक जीवन का यह अवमूल्यन आज देश का सबसे बड़ा संकट है। नीचे तक की राजनीति, शासन-प्रशासन बहुत अधिक सीमा तक अयोग्य भी हो गया है और भ्रष्ट भी हो गया है। बड़ी-बड़ी योजनाएँ बनती हैं, चलती हैं परंतु नीचे तक उनका पूरा लाभ इसलिए नहीं हो पाता क्योंकि व्यवस्था पंगु हो चुकी है, जर्जर हो चुकी है।

हर पाँच वर्षीय योजना के बाद उसकी एक समीक्षा रिपोर्ट छापी जाती है। पाँचवीं पंचवर्षीय योजना की समीक्षा रिपोर्ट में कहा गया था कि गरीबी को दूर करने के लिए बहुत योजनाएँ बनीं और बहुत धन लगाया गया परंतु उस अनुपात में गरीबी बिल्कुल दूर नहीं हुई। जिनके लिए केंद्र से धन भेजा, उन तक पूरा पहुँचा ही नहीं। एक सदस्य ने यहाँ तक टिपप्णी की थी कि यदि यह सारा धन उन गरीबों को सीधा बाँट दिया होता तो बहुत से गरीबों की गरीबी दूर हो गई होती।

केंद्र की सरकार बहुत अच्छी कल्याणकारी योजनाएँ बना रही है परंतु उन योजनाओं को नीचे के स्तर तक जिस शासन व्यवस्था को लागू करना

है, वह पूरी तरह अस्वस्थ है और बीमार है।

पिछले वर्ष 15 अगस्त को प्रधानमंत्री श्री नरेंद्र मोदी ने लाल किले से भारत के आम गरीब आदमी की सबसे पहली जरूरत शौचालय की आवश्यकता का जिक्र किया। पूरे देश में स्वच्छता अभियान चला। प्रधानमंत्रीजी स्वयं झाड़ू लेकर सड़क पर आए। हम सबने झाड़ू पकड़े, अखबारों में खूब फोटो छपे परंतु जहाँ-जहाँ झाड़ू लगाई गई, वे अधिकतर स्थान आज भी कूड़े-कचरे से भरे हैं परंतु इस कार्यक्रम से एक नई जागरूकता अवश्य पैदा हुई है। केंद्र सरकार के आग्रह से उस दिशा में लगातार काम हो रहा है।

मैंने अपने लोकसभा क्षेत्र कांगड़ा-चंबा में प्रत्येक घर में शौचालय बनाने के काम को प्राथमिकता से करने का निर्णय लिया। धन का प्रावधान कम था। हमने केंद्र से बात की और 3700 रुपए के मुकाबले प्रत्येक घर के शौचालय के लिए 12000 रुपए स्वीकृत हुए। स्कूलों में शौचालय बनाने के लिए पूरा धन स्वीकृत किया गया। मैंने सभी पंचायतों को पत्र लिखा कि जो पंचायतें सभी घरों में शौचालय बनाकर प्रमाण-पत्र भेज देंगी, मैं उन पंचायतों को अपनी सांसद निधि से एक लाख रु. विकास कार्य के लिए भेज दूँगा, साथ ही जिला सतर्कता कमेटी में मैंने बड़े जोर से कहा कि प्रमाण-पत्र सही होना चाहिए। दो महीने बीतने के बाद भी मुझे 1039 पंचायतों में से एक भी पंचायत से कोई भी प्रमाण-पत्र प्राप्त नहीं हुआ।

मुझे किसी ने याद दिलाया कि कुछ वर्ष पहले पिछली सरकार ने इसी उद्‌देश्य से निर्मल भारत अभियान शुरू किया था। उसमें कांगड़ा-चंबा लोकसभा की 137 पंचायतें, निर्मल पंचायतें घोषित की गई थीं। उन्हें प्रमाण-पत्र दिया गया था और एक लाख रुपए से पाँच लाख रुपए तक इनाम भी दिया गया था। मैंने सोचा कि इन पंचायतों को तो अतिशीघ्र प्रमाण-पत्र भेज कर मुझसे भी एक-एक लाख और लेना चाहिए परंतु जब मैंने प्रशासन से पूरी जानकारी प्राप्त की तो मैं हैरान रह गया। उन 137 पंचायतों में से एक भी पंचायत में सब घरों में शौचालय नहीं बने थे। पंचायत प्रधानों ने झूठे

प्रमाण–पत्र दिए और अधिकारियों ने उन्हें प्रमाणित किया। मेरे लोकसभा क्षेत्र कांगड़ा–चंबा में दो जिले आते हैं। मैं जिला सतर्कता कमेटी का अध्यक्ष हूँ। उस कमेटी में जिलाधीश से लेकर सभी अधिकारी होते हैं। मैंने दोनों जिलों की बैठकों में कहा कि 137 पंचायतों ने झूठे प्रमाण–पत्र दिए। अधिकारियों ने उन्हें गलत प्रमाणित किया और लाखों रुपए का इनाम भी दे दिया। इतना बड़ा धोखा। मैंने कहा कि इस पर सख्त काररवाई की जाए। अगली बैठक में पता करूँगा कि कितनी काररवाई हुई है। यह सचमुच बहुत चिंता का विषय है। सुशासन की दृष्टि से हिमाचल प्रदेश अच्छे प्रदेशों में गिना जाता है। कांगड़ा प्रदेश में भी अच्छा समझा जाता है। यदि यहाँ यह हाल है तो पूरे भारत में क्या हाल होगा, भगवान बचाए मेरे देश को।

मनरेगा योजना में करोड़ों रु. खर्च किए गए हैं। मैंने इस योजना की भी समीक्षा करने की कोशिश की। पिछले पाँच वर्षों में कुछ पंचायतों में तीन–चार करोड़ रुपए तक का धन आया। हिमाचल प्रदेश की एक पंचायत में तीन–चार करोड़ रुपए से इतना विकास होना चाहिए कि पंचायत की शक्ल बदल जाए परंतु हुआ नहीं। मैंने प्रशासन से यह समीक्षा करने के लिए कहा है कि किस पंचायत में कौन सा विकास का काम कितने रुपए में हुआ। वह काम आज धरती पर दिखता है या नहीं। मुझे यह नहीं पता कि प्रशासन समीक्षा कर रहा है या नहीं। भारत सरकार इस योजना में लगभग 40 हजार करोड़ रुपया प्रति वर्ष खर्च करती है। कुछ लोगों को रोजगार तो अवश्य मिला है परंतु स्थायी विकास कार्य बहुत कम हुआ और भ्रष्टाचार नीचे गाँव तक पहुँच गया।

कुछ समय पहले देश में पी.एम.टी. की परीक्षा हुई। डॉक्टर बनने के लिए लगभग 6 लाख 30 हजार उम्मीदवारों ने परीक्षा दी। भ्रष्टाचार की शिकायत हुई। कुछ लोग पकड़े गए। मामला सर्वोच्च न्यायालय तक गया। एक पक्ष की ओर से कहा गया कि कुछ सौ उम्मीदवारों ने गलती की हैं, उनके कारण पूरी परीक्षा रद्द नहीं होनी चाहिए परंतु सर्वोच्च न्यायालय ने ऐतिहासिक निर्णय में कहा, “यदि एक प्रवेश भी संदेह के घेरे में हो तो

सारी परीक्षा रद्द होनी चाहिए। भविष्य में बनने वाले डॉक्टरों की योग्यता से समझौता नहीं किया जा सकता। दुबारा परीक्षा में समय लगेगा पर परीक्षा की विश्वसनीयता और योग्य छात्रों के लिए यह मूल्य कुछ भी नहीं है।" पूरी परीक्षा रद्द हो गई। प्रशासन को दोबारा परीक्षा लेने के लिए कहा गया परंतु कठोर नियम लागू किए गए। पूरी बाजू की कमीज पहनना, शरीर में और कोई चीज रखना, सिर पर किसी प्रकार का कपड़ा या बुरका पहनना मना कर दिया गया। इस कड़ाई और सख्ती का इतना बड़ा संदेश गया कि दूसरी बार की परीक्षा में 6 लाख 30 हजार की बजाय लगभग 4 लाख 20 हजार उम्मीदवार ही बैठे। वे दो लाख दस हजार कहाँ गए, जिन्होंने पहले परीक्षा दी थी। वे सब कुछ गलत करके परीक्षा देने गए थे। हमारी परीक्षाओं में इस सीमा तक भ्रष्टाचार होता है, यह सोचकर ही दिल दहल जाता है।

इस नैतिक पतन की स्थिति में भी वे थोड़े से लोग धन्य हैं, जो साहस से नैतिकता के रास्ते पर चलते हैं, उसूलों से समझौता नहीं करते, उसके लिए मूल्य भी चुकाते हैं। उन सब को मैं नमन करता हूँ। प्रभु उन्हें और साहस दें।

ईमानदारी व सच्चाई के बिना दुनिया में कभी कोई देश खुशहाल नहीं हुआ। भारत की गरीबी व पिछड़ेपन का सबसे बड़ा एक ही कारण है कि ईमानदारी, सच्चाई व साहस की सब जगह कमी है। नेताओं में तो नैतिक अवमूल्यन प्रतिदिन बढ़ रहा है। देश को इस पतन से बचाने का कुछ काम न्यायपालिका कर रही है। यद्यपि यह काम सरकारों का है। यदि देश की न्यायपालिका यह सब न करती होती तो भारत न जाने कहाँ पहुँच गया होता।

केंद्र सरकार ने आर्थिक व सामाजिक सर्वे की रिपोर्ट प्रकाशित की है। उसमें कहा है कि भारत के 60 करोड़ लोग एक हजार रुपए मासिक पर गुजारा करते हैं। 11 करोड़ भुखमरी में जीते हैं। देश की 20 प्रतिशत संपत्ति केवल 840 परिवारों के पास है। इन करोड़ों गरीबों के लिए आजादी के 69 सालों के बाद भी आजादी कहाँ आई है। जीने का अधिकार हमारे संविधान में मूलभूत अधिकार है। इन करोड़ों को वह भी प्राप्त नहीं। इनमें

से कुछ ने नक्सलवादियों के साथ हाथ में बंदूक ले ली है, बाकी कब तक गरीबी में सिसकते मरते रहेंगे, कुछ कहा नहीं जा सकता।

यदि गहराई से सोचें तो इस दुर्भाग्यपूर्ण शर्मनाक अवस्था के लिए ईमानदारी, सच्चाई व साहस की कमी ही जिम्मेवार है और भारत में सब कुछ है। भारत विश्व का एक महान् व खुशहाल देश बन सकता है यदि उस कमी को पूरा कर लिया जाए।

□

'जय जवान' तो हो गया, पर 'जय किसान' होना अभी बाकी है

भारत में 'जय जवान' का नारा तो कई वर्षों से गूँजता रहा था परंतु पिछले कई वर्षों से रुकी हुई सैनिकों की माँग 'वन रैंक वन पेंशन' इस बार श्री नरेंद्र मोदी के नेतृत्व वाली सरकार ने स्वीकार की तो सही अर्थों में 'जय जवान' पूरा हो गया। सैनिकों के नेता वर्षों से इसकी माँग कर रहे थे। लगभग हर चुनाव में यह एक प्रमुख मुद्दा बनता था। वायदे भी होते थे पर वायदे, वायदे ही रहते थे। पिछली कांग्रेस सरकार ने वायदा पूरा करने की घोषणा की और लगभग पाँच सौ करोड़ रुपए का प्रावधान किया, जो एक उपहास मात्र था।

यह दुर्भाग्य की बात थी कि सैनिकों के प्रतिनिधि धरना देते रहे, अनशन करते रहे और दिल्ली में जंतर-मंतर पर लंबा समय बैठे रहे। सेना देश का अत्यंत महत्त्वपूर्ण अंग है। उसके प्रतिनिधियों को इस प्रकार का आंदोलन करना पड़े, यह किसी भी दृष्टि से अच्छी बात नहीं है।

इस माँग को पूरा करना देश की आर्थिक स्थिति के प्रकाश में बहुत कठिन था। इसलिए सरकार को सब प्रकार का प्रबंध करने में समय लगा। 12 हजार करोड़ रु. की व्यवस्था करना बहुत कठिन था। कांग्रेस के नेता यह कह रहे हैं कि उन्होंने सब प्रकार का प्रबंध कर दिया था। बजट में 12 हजार करोड़ के काम के लिए केवल 5 सौ करोड़ रु. का प्रावधान एक मजाक के अतिरिक्त कुछ नहीं था। केंद्र की सरकार ने इस माँग को पूरा करके एक

बहुत बड़ा ऐतिहासिक काम किया है।

जय जवान तो हो गया पर जय किसान होना अभी बाकी है। जवान देश को सुरक्षा देता है परंतु किसान देश का अन्नदाता है। अन्न के बिना जवान भी कुछ नहीं कर सकता। जवान तो जंतर-मंतर से खुश होकर उठ गया परंतु किसान अभी भी आत्महत्या के रास्ते पर जा रहा है। इससे बड़ा दुर्भाग्य क्या हो सकता है कि आजादी के बाद लगभग 3 लाख किसान आत्महत्या कर चुके हैं और यह सिलसिला लगातार जारी है। केंद्र की नई सरकार इस दिशा में प्रयत्न तो कर रही है परंतु और अधिक प्रयत्न अतिशीघ्र करने की आवश्यकता है।

देश का सबसे बड़ा दुर्भाग्य यह रहा कि आवश्यक और बुनियादी व्यवसाय कृषि सबसे अधिक उपेक्षित रहा। कृषि भारत की रीढ़ की हड्डी है। उस पर बहुत कम ध्यान दिया गया। देश में बढ़ती हुई गरीबी का भी यही सबसे बड़ा कारण रहा। पिछले कुछ वर्षों में उद्योगों के लिए 5 लाख करोड़ रु. की रियायतें दी गईं परंतु कृषि के लिए कुछ विशेष नहीं किया गया। गरीब किसान कर्ज में डूबा है। अदा न करें तो जेल जाता है। बड़े उद्योगपतियों ने दो लाख करोड़ उधार लिया, अदा नहीं कर रहे, उसे एन.पी.ए. के खाते में डाल दिया। उन्हें कुछ नहीं कहा जाता। चीन कृषि में भारत से पीछे था। उसने कृषि को प्राथमिकता दी और आज चीन भारत को बहुत पीछे छोड़कर आगे बढ़ गया। चीन में कृषि का विकास बढ़ा तो गरीबी भी बहुत कम हो गई। भारत में कृषि की उपेक्षा की गई तो गरीबी भी बहुत बढ़ गई।

कृषि व्यवसाय लाभ का व्यवसाय नहीं है और कृषक को विशेष सामाजिक स्तर भी प्राप्त नहीं है। आज खेत पर वही काम कर रहा है, जिसे और कहीं काम नहीं मिला। प्रति वर्ष लाखों किसान कृषि छोड़ रहे हैं। यह स्थिति पूरे विश्व में है। इसलिए विश्व के अधिकतर देशों में किसान को खेत से जोड़े रखने के लिए सीधे आय सहायता दी जाती है। अमेरिका में प्रत्येक किसान को लगभग 70 लाख रु. वार्षिक आय की सहायता दी जाती है। चीन में 17 बिलियन डॉलर की आय की सहायता दी जाती है। भारत में इस प्रकार से किसान की कोई मदद नहीं की जाती।

पिछले 50 वर्षों से केंद्र सरकार फसलों का न्यूनतम मूल्य तय करने, अन्न खरीदने और गरीबों को सस्ता अन्न देने का काम कर रही है। इस पूरी व्यवस्था पर लगभग 2 लाख करोड़ रु. वार्षिक खर्च किए जाते हैं परंतु विडंबना यह है कि सरकार केवल 6 प्रतिशत बड़े किसानों से ही अनाज खरीदती है। बाकी किसानों को अपनी उपज आधे-अधूरे भाव पर बिचौलियों को बेचनी पड़ती है, सरकार 23 फसलों का न्यूनतम मूल्य तय करती है परंतु खरीदती केवल गेहूँ और चावल है। केवल दो फसलें खरीदने के कारण उनकी उपज तो बढ़ी परंतु दालों और खाने के तेल में भारत पिछड़ गया। सरकारी खरीद न होने के कारण किसान ने इनकी पैदावार कम कर दी। इस कारण लगभग 80 हजार करोड़ रु. की दालें व तिलहन भारत को आयात करनी पड़ती हैं।

जय किसान करने के लिए भारत सरकार को युद्ध स्तर पर कुछ विशेष करने की आवश्यकता है। केंद्र सरकार द्वारा बनाई गई, इस संबंध में मेरी अध्यक्षता वाली कमेटी ने सुझाव दिया था कि सरकार खाद पर अनुदान के रूप में 70 हजार करोड़ खर्च कर रही है। इसका अधिक लाभ बड़ी-बड़ी खाद बनाने वाली कंपनियाँ गलत तरीके से उठाती हैं। इसका किसान को कोई लाभ नहीं होता। यूरिया सस्ता होने के कारण उसका प्रयोग कृषि में आवश्यकता से अधिक होता है तथा कई प्रकार की मिलावट में भी प्रयोग किया जाता है। उसके अधिक प्रयोग से भूमि की उर्वरकता घटती जा रही है। कमेटी ने यह भी सुझाव दिया था कि खाद अनुदान का 70 हजार करोड़ रु. 9 करोड़ किसानों को सीधे आय सहायता के रूप में उनके खातों में जमा करवा दिया जाए। प्रत्येक किसान को लगभग 10 हजार रु. वार्षिक मिलेंगे। इससे गरीब किसान की बहुत बड़ी मदद होगी। आत्महत्याएँ भी रुक सकती हैं। इससे एक और लाभ यह भी होगा कि किसान जैविक खेती की ओर प्रोत्साहित होगा।

कमेटी ने यह भी सुझाव दिया था कि तिलहन और दालों का समर्थन मूल्य अधिक तय किया जाए। सरकार गेहूँ और चावल कम और दालें व तिलहन अधिक खरीदे। खरीद का आश्वासन होने पर किसान इसकी पैदावार

बढ़ाएगा और 80 हजार करोड़ रु. विदेशी मुद्रा बच जाएगी। पंजाब जैसे प्रदेश में निश्चित सरकारी खरीद और बोनस के लालच में धान की खेती अधिक होती जा रही है जिसके कारण प्रदेश का जल स्तर कम हो रहा है। कुछ विशेषज्ञों का कहना है कि इसके कारण इन प्रदेशों में बहुत जल्दी भयंकर जल संकट पैदा हो जाएगा। यदि सरकार दालों और तिलहन को प्रोत्साहन दे तो इस समस्या से भी निपटा जा सकता है।

अटल सरकार ने प्रधानमंत्री सड़क योजना के लिए पेट्रोल पर विशेष कर लगाकर आर्थिक साधन जुटाएँ। उससे हजारों गाँवों में सड़कों का जाल बिछने लगा। कृषि हर दृष्टि से बहुत महत्त्वपूर्ण है, किसान उपेक्षित है, लगातार आत्महत्या कर रहा है। केवल कृषि और किसान के लिए एक और विशेष कर लगाया जा सकता है। यदि बड़े उद्योगों को 5 लाख करोड़ की राहत दी जा सकती है। उनके 2 लाख करोड़ रु. उधार एन.पी.ए. खाते में डाले जा सकते हैं तो कृषि के विकास और किसान को आत्महत्या से बचाने के लिए किसी भी तरीके से कुछ लाख करोड़ क्यों नहीं जुटाए जा सकते।

भारत में फसल बीमा योजना शुरू की गई लेकिन पूरी तरह से सफल नहीं हुई क्योंकि गरीब किसान बीमे की किश्त नहीं दे सकता। विश्व के बहुत से देशों में फसलों का बीमा इसलिए सफल हुआ क्योंकि बीमे की किश्त का 50 प्रतिशत से अधिक सरकारें अदा करती हैं। फसल बीमा में अधिकांश बीमे की किश्त केंद्र और राज्य सरकारे दें और किसान से 25 प्रतिशत से अधिक न लिया जाए। फसल बीमा योजना सफल होने से किसान को बहुत बड़ी राहत मिल जाएगी।

केंद्र की सरकार जय जवान के बाद जय किसान अवश्य पूरा करेगी। यदि जय जवान के लिए 12 हजार करोड़ रु. का प्रबंध किया जा सकता है तो जय किसान के लिए भी कुछ हजार करोड़ जुटाए जाने चाहिए।

□

किसान आत्महत्याएँ व्यवस्था पर एक गहरा कलंक है

भारत एक कृषि प्रधान देश है और कृषि की रीढ़ की हड्डी यहाँ का किसान है। किसान गाँव में रहता है और गाँव की आर्थिक व्यवस्था पर पूरे देश की आर्थिक व्यवस्था निर्भर करती है। इस दृष्टि से किसानों द्वारा आत्महत्याओं की घटना दुर्भाग्यपूर्ण है, चिंताजनक है और पूरी व्यवस्था पर एक कलंक है।

भारत सरकार के राष्ट्रीय अपराध ब्यूरो के अनुसार 1995 से अब तक 2 लाख 80 हजार किसान आत्महत्याएँ कर चुके हैं। यह अन्य आत्महत्याओं के मुकाबले 47 प्रतिशत अधिक है। कुछ प्रदेशों में यह दुगने से भी अधिक है। इस विषय के एक विशेषज्ञ अर्थशास्त्री चेन्नई के एशियन कॉलेज के प्रोफेसर नागराज के अनुसार यह स्थिति दिन-प्रतिदिन चिंताजनक होती जा रही है। अधिकतर आत्महत्याएँ पाँच प्रमुख कृषि प्रधान प्रदेशों में हो रही हैं। उन्होंने कहा है कि राजनीतिक कारणों से आत्महत्याओं के सही आँकड़े सामने नहीं आते हैं। इन पाँच प्रदेशों में देश की कुल आत्महत्याओं का 66 प्रतिशत होता है।

अपराध ब्यूरो के अनुसार 1995 से 2000 के बीच प्रति वर्ष 15 हजार किसानों की आत्महत्या हुई। 2001 से 2011 के बीच 11 वर्षों में औसतन प्रति वर्ष 12 हजार किसानों ने आत्महत्या की। इस हिसाब से प्रतिदिन 46

किसान आत्महत्या करते हैं और प्रत्येक आधे घंटे में एक किसान आत्महत्या करता है।

आज से कई वर्ष पहले भारत के महान् लेखक श्री प्रेमचंद ने 'गोदान' नाम के प्रसिद्ध उपन्यास में भारत के किसानों की दुर्दशा का वर्णन किया है। गोदान का किसान होरी जीवन भर कर्ज में दबा रहता है, उसी अवस्था में मर जाता है। अंतिम समय उससे गोदान करवाने के लिए उसकी पत्नी धनिया फिर कर्ज लेती है। किसान कर्ज में जीता है, कर्ज में मरता है और कर्ज से उसका गोदान करवाती है, उसकी पत्नी धनिया। आजादी के 67 साल के बाद भी आज किसान होरी जैसी स्थिति की मजबूरी में जी रहा है। गोदान के होरी का कर्ज लेकर गोदान हो जाता है क्योंकि उस की स्वाभाविक मृत्यु हुई थी परंतु आज किसान आत्महत्या करता है तो उस का गोदान भी नहीं होता। तब किसान की उस अवस्था के लिए हम अंग्रेजों को दोषी ठहराते थे पर आज किस को जिम्मेदार ठहराएँगे।

खेत में काम करने का व्यवसाय विश्व में कहीं भी आकर्षक व्यवसाय नहीं है। किसान को अपने परिश्रम का लाभप्रद मूल्य भी नहीं मिलता। इसलिए विश्व के लगभग सभी देश किसानों को विशेष आय वृद्धि की सहायता देते हैं, ताकि वे कृषि के क्षेत्र में लगे रहें क्योंकि भूमि से उत्पादन के बिना कोई भी देश जीवित नहीं रह सकता। अमेरिका में भारत के मुकाबले किसानों की संख्या बहुत कम है परंतु पिछले वर्ष अमेरिका ने अपने किसानों को सीधे लगभग 25 हजार रुपए प्रति किसान वार्षिक आय वृद्धि की सहायता की थी।

इस दृष्टि से भारत में किसान की आय को बढ़ाने के लिए प्रत्यक्ष रूप से कोई भी मदद नहीं की जाती। यद्यपि सरकार न्यूनतम मूल्य तय करके उपज को खरीदने और गरीबों को बाँटने पर लगभग 2 लाख करोड़ रुपए खर्च करती है। इसका लाभ कुछ किसानों को अवश्य होता है परंतु छोटे और गरीब किसानों को कोई लाभ नहीं होता। इसी का परिणाम है कि भारत में 2011 की किसान जनगणना के अनुसार किसानों की जनसंख्या

घट रही है। देश में लगभग 70 लाख किसान कम हो गए हैं। खेत पर वही काम करता है, जिसे और कहीं काम नहीं मिलता। कृषि से पलायन की यह गति अच्छी नहीं है क्योंकि कृषि उत्पादन के बिना जीवन नहीं चल सकता।

परंपरा से भारत कृषि प्रधान देश रहा है। विभिन्न सरकारों द्वारा अधिक अन्न उत्पादन में कुछ प्रयत्न किए गए। न्यूनतम मूल्य तय किया गया। किसानों की उपज खरीदी गई। इस थोड़े से प्रयत्न से ही इतना लाभ हुआ कि भारत खाद्यान्न में आत्म-निर्भर हो गया। इतना ही नहीं, आज भारत विश्व में चावल का सबसे अधिक निर्यात करने वाला देश बन गया। यदि भारत के किसान की अधिक सुध ली जाए तो भारत इस दृष्टि से विश्व में सबसे अधिक खाद्यान्न पैदा करने वाला देश बन सकता है। भारत ही नहीं, हम विश्व के बहुत से देशों की भूख भी मिटा सकते हैं।

भारत सरकार ने मेरी अध्यक्षता में भारत की खाद्यान्न स्थिति और खाद्य निगम के संबंध में एक कमेटी बनाई थी। हमने दो सिफारिशें ऐसी की हैं, जिन्हें लागू करने से यह सारी दुर्भाग्यपूर्ण स्थिति बदली जा सकती है।

भारत में कुल 9 करोड़ किसान हैं। लगभग 2 लाख करोड़ रुपए सारी व्यवस्था पर खर्च करने के बाद केवल 6 प्रतिशत किसानों को लाभ होता है। खाद्य निगम केवल 8 प्रदेशों में 54 लाख किसानों से उपज खरीदता है। ये भी बड़े किसान हैं। बाकी 8 करोड़ 46 लाख छोटे किसान इस व्यवस्था से कोई लाभ नहीं उठा पाते। 11 प्रदेशों में सरकार किसानों से उपज खरीदती है, बाकी 24 प्रदेशों के किसानों को अपनी उपज कम भाव पर बेचने पर विवश होना पड़ता है। अधिकतर किसान गाँव में साहूकारों से आज भी उधार लेते हैं। कर्ज के दुश्चक्र में फँसकर आत्महत्या के लिए विवश होते हैं।

सरकार खाद अनुदान पर लगभग एक लाख करोड़ रुपए खर्च करती है। उसका लाभ बड़ी-बड़ी कंपनियों को होता है। खाद की पड़ोसी प्रदेशों को तस्करी होती है। यूरिया सस्ता होने के कारण उसका अनावश्यक उपयोग होता है। उसके कारण धरती की उर्वरकता कम होती है। यूरिया का गैर-कृषि कामों में दुरुपयोग होता है। इस एक लाख करोड़ रुपए का सीधे किसानों

को प्रत्यक्ष कोई लाभ नहीं होता। इसलिए हमारी कमेटी ने सिफारिश की है कि यह सारा धन सीधे 9 करोड़ किसानों को अनुदान के रूप में 7 हजार रुपए प्रति हेक्टेयर वार्षिक के हिसाब से दे दिया जाए। हमने इसमें 20 हजार करोड़ रुपए बचाने की बात भी कही थी। सरकार चाहे तो पूरा धन लगभग 10 हजार रुपए वार्षिक प्रत्येक किसान के खाते में जमा करवा दे। इससे किसान अपनी इच्छा से खाद का उपयोग करेगा। जैविक खेती की ओर उसका ध्यान अधिक आकर्षित होगा। 10 हजार प्रति वर्ष मिलने के कारण गरीब किसान को बड़ी राहत मिलेगी और इसी के कारण बहुत से किसान आत्महत्या करने की बात नहीं सोचेंगे।

हमारी कमेटी की दूसरी सिफारिश भी इतनी ही महत्त्वपूर्ण है। इस समय 35 राज्यों में से केवल 11 राज्यों में सरकार किसान से उपज खरीदती है। पंजाब-हरियाणा जैसे राज्यों में खरीद का अधिक काम राज्य सरकारें करने लगी हैं। कमेटी ने यह सिफारिश की है कि इन राज्यों में खाद्यान्न खरीदने का सारा काम राज्य सरकारों को दिया जाए और खाद्य निगम उत्तर प्रदेश, बिहार और उड़ीसा जैसे अन्य प्रदेशों में जाकर किसान से उपज खरीदे। इन प्रदेशों की गरीबी का एक कारण यह भी है कि गाँव का किसान परिश्रम तो करता है परंतु उसे लाभप्रद मूल्य नहीं मिलता। पंजाब-हरियाणा की तरह यदि उत्तर प्रदेश, बिहार और उड़ीसा के किसानों की भी मदद की जाए तो भारत में दूसरी हरितक्रांति संभव होगी और देश के उन सबसे गरीब प्रदेशों की गरीबी भी दूर होगी।

कमेटी ने फसलों के उत्पादन में बदलाव का भी सुझाव दिया है। चावल, गेहूँ को प्रोत्साहन देने से इनका उत्पादन आवश्यकता से अधिक हो गया परंतु दालें व तिलहन का उत्पादन कम है। इस प्रकार की बहुत सी आवश्यकताएँ पूरी करने के लिए हमें बहुत आयात करना पड़ता है। कमेटी ने कहा कि सरकार दालें व तिलहन को प्रोत्साहन दे और इनकी उपज को भी खाद्य निगम खरीदे, तो इनमें भी भारत आत्म-निर्भर बन सकता है और आयात करने में विदेशी मुद्रा को भी बचाया जा सकता है।

खाद्य सुरक्षा परम आवश्यक है परंतु यह ध्यान रखने की आवश्यकता है कि किसान की सुरक्षा के बिना खाद्य सुरक्षा नहीं हो सकती। यदि किसान आत्महत्या करने पर विवश होता रहा तो गाँव की गरीबी भी दूर नहीं होगी और खाद्य सुरक्षा का लक्ष्य भी पूरा नहीं होगा।

□

भौतिकवाद का पागलपन तथा विवेक के बिना विज्ञान कहीं विनाश की ओर न ले जाए

कुछ समाचार दिल दहला देते हैं। घंटों रुलाते रहते हैं और यह सोचने पर विवश कर देते हैं कि समाज क्यों और किस ओर बढ़ता चला जा रहा है।

पिछले दिनों राजस्थान के झुंझुनू में एक शहीद स्मारक का उद्घाटन करने मंत्री आए। गाँव में शोर मच गया कि शहीद की विधवा रोती हई उद्घाटन स्थान पर आना चाह रही है और उनके बेटे उन्हें आने नहीं दे रहे हैं। पता चला कि शहीद के बेटों ने अपनी वृद्ध माँ को घर से निकाल दिया है। वे दर-दर घूम रही हैं। अपनी व्यथा सुनाने आना चाह रही हैं। अत: उद्घाटन रद्द कर दिया गया।

कुछ दिन पहले उच्च न्यायालय के एक सेवानिवृत्त जज ने उसी उच्च न्यायालय में प्रार्थना-पत्र में कहा, "मुझे मेरे बेटे और बहू से बचाया जाए।" समाचार-पत्र में लिखा था कि जज ने अपने बेटे के लिए बहुत पहले अलग से मकान बनवा दिया था। वे अपनी पत्नी के साथ अलग मकान में रहते हैं। वृद्ध हो गए हैं, बीमार हैं। उनका बेटा और बहू जबरदस्ती इनके घर में घुसकर कब्जा कर रहे हैं, ताकि मरने से पहले वे इस मकान को किसी और को न दे दें। उच्च न्यायालय आपसी समझौते से उस वृद्ध पूर्व जज को न्याय

दिलाने की कोशिश करता रहा। आज अखबारों में देहरा के 90 साल के जीतू राम का समाचार और चित्र छपा है। झुकी कमर और डबडबाई आँखों से वह जिलाधीश को अपनी व्यथा सुना रहा है।

लगभग तीन वर्ष पहले दिल्ली स्थित अशोका रोड पर मेरे निवास के बाहर दीवार के साथ एक वृद्ध दंपती रहने लगे। दिन-महीने बीते। कड़ाके की सर्दी में जब उन्हें ठिठुरते देखा तो मेरे स्टाफ और मैंने उन्हें सहायता देने की बात कही पर वे इनकार करते रहे। वे अधिक बात भी नहीं करते थे। बातों-बातों में उनके मुँह से निकला था कि उनके दो बेटे हैं—एक अमेरिका में रहता है और दूसरा भारत में। वे कहते-कहते रुक जाते थे। कहते थे कि वे वचनबद्ध हैं, कुछ नहीं बताएँगे। मैं आते-जाते उन्हें देखता तो बात करने की कोशिश करता। वे बात करते-करते चुप हो जाते थे। खाने के लिए सामने के होटल से कुछ ले आते थे। चाय वहीं बनाते थे। मैंने कई बार उन्हें किसी वृद्धाश्रम में भेजने की बात कही पर वे इनकार करते रहे, नहीं माने। लगभग तीन वर्ष वहीं पड़े रहे।

एक दिन प्रात:काल मैं अपने मकान के बाहर घूम रहा था। बाहर लगे लोहे के दरवाजे से खटखट की आवाज आई, आगे बढ़कर देखा तो वही पुरुष रोते हुए कहने लगा, "रात मेरी पत्नी मर गई।" वह फूट-फूटकर रोने लगा। मैंने दरवाजा खोला तो देखा, सामने दीवार के साथ की जमीन पर उसकी पत्नी का शव पड़ा था। एक चादर ढकी थी। मेरी आँखों से भी आँसू निकल पड़े। उससे बात की, अपने स्टाफ को बुलाया और फिर पुलिस को सूचना देकर उसकी पत्नी के अंतिम संस्कार की व्यवस्था करवाई। जब एक गाड़ी में उसकी पत्नी के शव को ले जाया जा रहा था तो वह सिर पकड़कर रोने लगा। मेरे पूछने पर उसने अंतिम संस्कार में शामिल होने से इनकार कर दिया। वह उसी जगह वापस आया और बैठकर रोने लगा। उसका जीवनसाथी हमेशा के लिए उससे अलग होकर बहुत दूर चली गई। मैं थोड़ी देर खड़ा होकर देखता रहा और फिर वापस आ गया। फिर मैंने उससे बात की और उसको एक सरकारी वृद्धाश्रम में भेजने की व्यवस्था करवा दी। आज भी दीवार के साथ

खुले आकाश में भूमि पर वर्षों तक पड़ा रहा वह दंपती मेरी आँखों में घूम जाता है, दिमाग चकराने लगता है।

अब इस प्रकार के समाचार प्रतिदिन छपने लगे हैं। सरकार कुछ नियम-कानून भी बना रही है। नेपाल सरकार ने तो कानून द्वारा प्रत्येक व्यक्ति को अपनी आय का एक भाग अपने माता-पिता के खाते में जमा करवाने का कानून बनाया है।

'पितृ देवो भव' और 'मातृ देवो भव' की संस्कृति वाले देश में समाज इस प्रकार से क्यों बदल रहा है। पिता के लिए राजतिलक को छोड़कर 14 वर्ष तक वनवास स्वीकार करने वाले राम का यह देश है। पूरे समाज को इस बढ़ती हुई भयंकर समस्या पर गहराई से विचार करना होगा।

यह विज्ञान और उन्नत तकनीक का युग है। बड़ी तेजी से सब कुछ बदल रहा है। संयुक्त परिवार और उसमें संस्कार की परंपरा समाप्त होती जा रही है। रहन-सहन, सोच, व्यवहार और जीवन-शैली में आध्यात्मिकता समाप्त होकर भौतिकवाद का प्रभाव बढ़ रहा है। धन और संपत्ति का पागलपन जीवन के मूल्यों को समाप्त करता जा रहा है। संपत्ति के लिए भाई-भाई और बाप-बेटे में तलवारें चलने लगी हैं। रिश्ते तार-तार हो रहे हैं। पुराने समय की परंपरा दादा-दादी और नाना-नानी के पास बैठकर रामायण, महाभारत की कहानियाँ सुनना अब बीते समय की बात बनकर रह गई है। टी.वी. और मोबाइल से बच्चों को किसी और काम के लिए समय नहीं है। छोटे बच्चों का एक साथ खेलना, लड़ना-झगड़ना, परस्पर जीवन के व्यवहार की शिक्षा प्राप्त करना अब समाप्त होता जा रहा है। शैशव की किलकारियाँ व बचपन का फूल खिलने से पहले मोबाइल में व्यस्त होकर मुरझा रहा है।

विवेक के बिना विज्ञान और तकनीक एक अभिशाप बनती जा रही है। अधिकतर नई पीढ़ी ड्रग्स और मोबाइल के नशे के प्रभाव में आ रही है। हिमाचल जैसे ग्राम-प्रधान प्रदेश में नशे का प्रकोप बढ़ता जा रहा है। एक तरफ ड्रग्स व मोबाइल का नशा तो दूसरी तरफ समाज में अच्छे संस्कार देने

की परंपराओं का टूटना—इन सबके कारण एक चिंताजनक स्थिति पैदा होती जा रही है।

कुछ परिवारों में आज भी पुरानी परंपरा सुरक्षित है। संस्कार व मर्यादाओं का पालन होता है पर ऐसे परिवार बहुत कम रह गए हैं या घटते जा रहे हैं।

सरकार कानून द्वारा इन समस्याओं का समाधान करने की कोशिश कर रही है। कठोर कानून को सख्ती से लागू करने की आवश्यकता है परंतु एक बात याद रखनी चाहिए कि केवल कानून से यह समस्या हल नहीं होगी। कानून किसी हत्यारे को फाँसी की सजा तो दे सकता है परंतु किसी के दिल में अच्छा काम करने की प्रेरणा पैदा नहीं कर सकता। यह काम केवल संस्कार देने से हो सकता है। युवा पीढ़ी को संस्कारित करने के लिए पूरा समाज चिंता करे परंतु अब यह काम मुख्य रूप से शिक्षा में कुछ बुनियादी परिवर्तन करके करना होगा। समय आ गया है कि योग और नैतिक शिक्षा को आरंभ से स्कूलों में एक अनिवार्य विषय बनाया जाए। योग और प्राणायाम से युवा पीढ़ी को जीवन का एक नया दृष्टिकोण दिया जा सकता है। नैतिक शिक्षा में भारतीय संस्कृति के मूल अध्यात्म की वह भावना सिखाई जा सकती है, जिससे मनुष्य केवल रोटी, कपड़ा और मकान के लिए जीवित नहीं रहता। भारतीय संस्कृति के मूल में जीवन को पूर्णता के रूप में देखा गया है—भौतिक समृद्धि भी परंतु उसके मूल में एक आध्यात्मिक चिंतन का आधार। भौतिकवाद के अंधे पागलपन से समाज को वापस लाना होगा और यह काम आध्यात्मिकता पर आधारित नैतिक शिक्षा ही कर सकती है।

पुराने समय में संस्कारित करने की मुख्य जिम्मेदारी योग और गुरुकुल करते थे। अब यह काम शिक्षा विभाग को करना होगा, नैतिक शिक्षा को अनिवार्य और मुख्य विषय बनाना होगा।

सरकार शिक्षा जगत् के कुछ विद्वानों की एक समिति बनाए। वे गहराई से विचार-मंथन करें। उनके सुझाव पर योग व नैतिक शिक्षा तुरंत एक अनिवार्य विषय बने।

□

शहीदों की शहादत की अमानत है वोट—वोट अवश्य करें

पाठकों तक मेरी बात पहुँचने के साथ ही मतदान शुरू हो गया होगा। मैं मतदाताओं से आज ही एक आवश्यक मन की बात कहना चाहता हूँ। अटलजी कहते थे, 'पार्टियों की दीवारें बहुत छोटी होती हैं परंतु देश का मंदिर बहुत ऊँचा होता है।' मैं भी आज यह बात पार्टी की दीवारों से नहीं, बल्कि देश के मंदिर से मतदाताओं तक पहुँचा रहा हूँ।

आजादी के सत्तर साल के बाद भी सब लोग मतदान नहीं करते हैं। बिना किसी विशेष कारण के पाँच साल में एक बार भी इस राष्ट्रीय कर्तव्य को नहीं निभाते। सबसे दुर्भाग्य की बात तो यह है कि समाज के धनवान-संपन्न व्यक्ति बहुत कम संख्या में मतदान करते हैं।

आज का यानी मतदान का दिन लोकतंत्र का महापर्व है। यह दीवाली की तरह ही अत्यंत महत्त्वपूर्ण है। वोट शहीदों की शहादत की अमानत है। यह अधिकार हमें किसी नेता ने नहीं दिया और न ही किसी पार्टी ने दिया। सन् 1857 से 1947 तक 90 वर्षों तक देश की आजादी की लड़ाई लड़ी गई। हजारों देशभक्तों ने बलिदान दिए और अंडमान की कालकोठरी में पूरा जीवन समाप्त किया। भगतसिंह जैसे हजारों देशभक्त फाँसी के फंदों पर झूल गए। आधी दुनिया पर राज करने वाली महाशक्ति—अंग्रेजों की गुलामी से मुक्ति प्राप्त की, देश आजाद हुआ। भारत का संविधान बना और फिर हम सबको वोट का अधिकार मिला। यह उन शहीदों के बलिदानों से मिला वरदान है।

वोट देना हमारा राष्ट्रीय कर्तव्य है। मुझे आज आजादी के कुछ रोमांचक क्षण याद आ रहे हैं।

पूना का चापेकर परिवार—एक माँ के तीन बेटे, बड़ा बेटा क्रांतिकारी आंदोलन में शामिल हुआ, पकड़ा गया। मुकदमा चला और फाँसी की सजा हो गई। कुछ समय के बाद दूसरा बेटा भी क्रांतिकारी बना, आंदोलन में काम करता रहा और पकड़ा गया। मुकदमा चल ही रहा था पर सबको पता था कि उसे भी फाँसी की सजा हो जाएगी। एक दिन प्रात:काल माँ आँगन में तुलसी की पूजा करके पूजा का थाल हाथ में लिये कमरे में प्रवेश कर रही थी तो तीसरा बेटा वासुदेव 16 वर्ष का था, जो सामने हाथ जोड़कर खड़ा हो गया और कहने लगा, "माँ, मुझे आशीर्वाद दो! मुझे अनुमति चाहिए; जिस रास्ते पर दोनों भाई गए, मैं भी उसी रास्ते पर जाना चाहता हूँ।" माँ के हाथ काँपे, थाली हाथ से गिर गई। बेहोश होकर लड़खड़ाने लगी, फिर सँभली, कुछ सोचा और बेटे के सिर पर हाथ रखकर स्वीकृति दे दी। वासुदेव क्रांतिकारी आंदोलन में शामिल हुआ। काफी समय तक अंग्रेजों के विरुद्ध लड़ता रहा, फिर पकड़ा गया। शायद विश्व के इतिहास का यह एकमात्र उदाहरण है कि एक माँ के तीन बेटे और तीनों देश के लिए बारी-बारी से फाँसी पर चढ़ गए।

वीर सावरकर अंडमान की जेल में आजीवन कारावास भुगत रहे थे। तीन घंटे बैल की तरह कोल्हू से तेल निकालकर लौट रहे थे। सामने आते व्यक्ति को देखकर अचानक ठिठक गए और पूछा, "भइया, आप यहाँ कब से?" बड़े भाई ने कहा, "तीन महीने से इसी जेल में हूँ।" वीर सावरकर ने पूछा, "तीसरा छोटा भाई कहाँ है?" भाई ने कहा, "वह नासिक जेल में है, मुकदमा चल रहा है..." तभी जेलर ने जोर से धक्का दिया और कहा, "यह जेल है और जेल में कैदियों को आपस में बात करने का कोई अधिकार नहीं है।" वीर सावरकर जेल की अपनी कोठरी में आए, दरवाजा बंद किया; एक कोने में लगे भगवान के चित्र के सामने हाथ जोड़कर खड़े हो गए और कहने लगे, "हे प्रभु! तीन भाई ही क्यों दिए यदि 10 दिए होते तो हम सभी देश की आजादी की लड़ाई लड़ते।" काश, आज आजादी और सत्ता को भोगने वाले

नेताओं को याद होता कि आजादी को प्राप्त करने के लिए कितने देशभक्त बलिदान हुए थे।

मुझे अंडमान जाने और स्वतंत्रता-संग्राम के उस स्मारक 'जेल' में जाने का मौका मिला था। वीर सावरकर की उसी कोठरी में मैं बहुत देर तक आँखें बंद करके खड़ा रहा। यह सब याद करके मेरी आँखों से आँसू निकल रहे थे।

अंग्रेजों की अदालत में भगतसिंह खड़े मुकदमा भुगत रहे थे। किसी बात पर उन्हें हँसी आई। सरकारी वकील गुस्से में कहने लगा, "न्यायाधीश महोदय! अदालत में हँसकर भगतसिंह अदालत का अपमान कर रहे हैं, इनके विरुद्ध न्यायालय की अवमानना का केस चलाया जाए।" इससे पहले न्यायाधीश कुछ कहता, भगतसिंह बोले, "न्यायाधीश महोदय! अपना निर्णय देने से पहले मेरी बात सुन लें। मैं आज आपकी अदालत में हँस रहा हूँ तो सरकारी वकील आपसे शिकायत कर रहे हैं परंतु कल जब मैं फाँसी के तख्ते पर चढ़कर इससे भी जोर से हँसूँगा तो ये किससे शिकायत करेंगे?" पूरी अदालत में सन्नाटा छा गया।

उन शहीदों ने देश के लिए बलिदान दिए। उन बलिदानों से वोट का अधिकार प्राप्त हुआ, और देश के करोड़ों मतदाता बिना किसी कारण वोट नहीं देते। क्या यह सब कुछ देश का दुर्भाग्य नहीं है? यदि शहीद देश के लिए मर सकते हैं, तो क्या हम पाँच साल में एक बार कुछ क्षण के लिए उन शहीदों की दी हुई अमानत—वोट के अधिकार का प्रयोग नहीं कर सकते? करोड़ों लोगों की यह उदासी एक राष्ट्रीय अपराध है।

इस देश के महान् देशभक्त संन्यासी स्वामी विवेकानंद ने कहा था, "जो लोग देश के साधनों का उपयोग करके पैरों पर खड़े होते हैं एवं संपन्न हो जाते हैं परंतु देश के लिए न कभी सोचते हैं और न कुछ करते हैं, वे देशद्रोही हैं।" स्वामी विवेकानंद एक क्रांतिकारी देशभक्त संन्यासी थे। सवा सौ साल पहले उन्होंने जो कहा था, वह आज भी किसी को कहने की हिम्मत नहीं है। यदि आज स्वामी विवेकानंद आ जाएँ और देखें कि भारत में बहुत से संपन्न व नेता लोग देश के लिए सोचना और करना तो एक तरफ, देश को दोनों

हाथों से लूट रहे हैं तथा बहुत से लोग बिना किसी कारण वोट देने तक के लिए समय नहीं निकालते हैं; वोट न देने में अधिकतर देश के संपन्न व अमीर घरों के लोग होते हैं, तो स्वामी विवेकानंद की आँखें आँसुओं से भर जाएँगी। पता नहीं, वे क्या करेंगे!

मैं आज मतदान के दिन पाठकों से मन की यह बात इसलिए कह रहा हूँ कि कोई भी मतदान करने से पीछे न रहे। यदि हम से कभी कोई भूल हुई हो और आप हमें क्षमा न कर पा रहे हों तो भी वोट अवश्य दें। किसी को भी दें पर दें अवश्य। एक बात हमेशा याद रखें कि भगतसिंह जैसे शहीदों ने किसी जात-बिरादरी के लिए बलिदान नहीं दिया था, बल्कि देश के लिए बलिदान दिया था। इसलिए आप केवल और केवल देश का भला सोचकर ही वोट दें।

मैं सरकार और चुनाव आयोग से आग्रह करूँगा कि मतदान को एक अनिवार्य कर्तव्य बनाने के लिए कानून बनाए। यदि ऐसा न भी हो सके तो कम-से-कम इतना नियम तो बनाया ही जाए कि जो व्यक्ति बिना किसी विशेष कारण के वोट न दे, उसका राशन कार्ड 6 मास के लिए स्थगित कर दिया जाए। इतने बड़े अपराध के लिए कुछ तो सजा होनी ही चाहिए।

आपके आसपास यदि किसी ने मतदान न किया हो तो समय निकालकर उसे वोट देने के लिए प्रेरित करिए। पाँच साल में एक बार उन शहीदों की शहादत को प्रणाम करने का सौभाग्य मिलता है, अतः आप पूरा योगदान दें।

□□□